미야모토 무사시 10

불패의 검성劍聖
미야모토 무사시 10
원명圓明의 장

초판 1쇄 발행	2015년 1월 20일
초판 5쇄 발행	2019년 4월 30일

지은이	요시카와 에이지
옮긴이	강성욱
펴낸이	한승수
펴낸곳	문예춘추사
편 집	신주식 고은정
마케팅	심지훈
디자인	오성민

등록번호	제300-1994-16
등록일자	1994년 1월 24일
주 소	서울특별시 마포구 연남동 565-15 지남빌딩 309호
전 화	02 338 0084
팩 스	02 338 0087
블로그	moonchusa.blog.me
E-mail	moonchusa@naver.com

ISBN	978-89-7604-219-4 04830
	978-89-7604-209-5 04830(전 10권)

*책값은 뒤표지에 있습니다.
*잘못된 책은 구입처에서 교환해 드립니다.

不敗의 劍聖

미야모토 무사시

10 圓明

원명의 장

요시카와 에이지 吉川英治 지음
강성욱 옮김

문예춘추사

차례

원명의장

무가 선생

오카자키岡崎의 생선 가게 골목 한쪽에 있는 공터 입구에 널빤지를 쳐서 만든 집이 있었다. 그리고 한 외로운 낭인의 생활을 엿볼 수 있었는데, 직접 쓴 듯한 간판을 보니 아무래도 서당인 듯했다.

동몽 도장童蒙道場
읽기, 쓰기 지도
무가無可

그런데 간판의 글씨체가 매우 어설펐다. 곁눈질로 비웃으며 지나는 식자識者가 있을 정도였지만 무가 선생은 조금도 부끄럽게 여기지 않았다. 누군가 물으면 자신도 아직 아이들과 함께 배우는 중이라고 말하곤 했다.

공터의 막다른 곳은 대나무 숲이었고 그 너머는 마장馬場이어서 날씨가 좋은 날에는 늘 먼지가 풀풀 날렸다. 미카와三河의 정예 무사들, 혼다本多가의 무사들이 기마 연습을 하는 장소였다. 그 때문인지 무가 선생은 항상 그쪽으로 난 밝은 처마에 일부러 발을 걸어 놓았고 그런 탓에 그렇지 않아도 좁은 실내는 한층 어두침침했다.

애초부터 혼자였던 그가 방금 낮잠에서 깬 듯, 우물가에서 두레박 소리가 나더니 어느 틈엔가 퍽 하고 대나무 숲에서 큰 소리가 났다. 대나무를 자르는 소리였는지 대나무 하나가 풀썩 주저앉았다. 잠시 후 무가 선생은 피리를 만들기에는 너무 굵고 짧은 마디 하나를 잘라 들고 숲에서 나왔다. 쥐색 두건에 무늬 없는 회색 홑옷을 입고 허리에는 칼을 차고 있었는데 검소한 차림에 나이는 서른도 되어 보이지 않았다. 그는 방금 자른 대나무 마디를 우물가에서 씻어서 초라한 방 안으로 가지고 들어갔다. 방에는 판자 하나가 놓여 있었고 누가 그렸는지 모를 달마대사의 얼굴이 벽 한쪽에 걸려 있었다. 그는 들고 있는 대나무 마디를 판자에 꽂았다. 그리고 그것을 꽃병으로 쓰려는 것 같았는데 그는 나름 만족해하는 것처럼 보였다.

무가 선생은 책상 앞에 앉아서 글씨 연습을 시작했다. 저수량褚遂良의 해서楷書 교본과 대사류大師流[1]의 탁본이 실려 있었다. 이곳에 산 지도 일 년이 넘었는데 매일 연습을 게을리 하지 않은 탓인지 간판의 글자보

---

1 헤이안 전기, 진언종眞言宗의 개조開祖인 홍법대사弘法大師를 원류로 하는 서도書道의 유파.

다 훨씬 능숙해졌다.

"선생님!"

"예."

그는 붓을 놓고 대답을 했다.

"옆집 아주머니군요. 오늘도 덥습니다. 이리 올라오세요."

"아닙니다. 그런데 방금 큰 소리가 났는데 뭐죠?"

"하하하, 제가 장난을 친 겁니다."

"애들을 가르치는 선생님이 장난을 치시다니."

"하하하."

"대체 뭘 하신 거죠?"

"대나무를 잘랐습니다."

"그럼 괜찮지만 난 또 무슨 일이 있나 해서 가슴이 철렁했어요. 우리 집 양반이 하는 소리라 그리 믿을 건 못 되지만, 요새 낭인들이 이 근처를 자꾸 서성거리면서 선생님 목숨을 노리는 것 같다고 해서."

"염려 마십시오. 내 목숨 따위는 서푼어치도 못 되니까요."

"자신도 모르는 원한 때문에 죽는 사람도 있으니 하여튼 조심하는 게 좋아요. 나는 상관없지만 동네 처녀들은 슬퍼할 테니까."

붓을 만드는 장인이 옆집에 살고 있었는데 남편과 아내, 두 사람 모두 친절했다. 특히 옆집 아낙은 혼자 사는 무가 선생을 위해 때로 음식 만드는 법을 가르쳐 주기도 하고 바느질과 빨래까지 해 주기도 했다. 하지만 가끔씩 좋은 신붓감이 있으니 중매를 서겠다는 아낙 때문에 무가 선생이 곤란을 겪기도 했다.

"대체 왜 색시를 얻지 않는 거예요? 설마 여자를 싫어하는 건 아닐 테고……."

옆집 아낙이 그렇게 따지고 들면 무가 선생은 난처해하며 어쩔 줄 몰라 했다. 하지만 그것이 꼭 그녀의 잘못이라고만 할 수는 없었는데, 무가 선생이 빌미를 준 잘못도 있기 때문이었다.

"저는 반슈播州 낭인으로 일가친척이 없습니다. 그래서 학문에 뜻을 두고 교토와 에도에서 공부한 후에 이곳에 좋은 서당을 짓고 정착할 생각입니다."

이렇듯 그가 한 말이 있기 때문에 옆집 부부가 나이도 적당하고 인품도 좋고 무엇보다 성실하고 얌전한 그에게 어울리는 배필을 구해 주려는 것도 무리는 아니었다. 또 무가 선생의 모습을 보고 그에게 시집가고 싶다거나 딸을 주고 싶다며 옆집 부부에게 중매를 부탁하는 이들도 많았다.

바쁜 생활에 쫓기면서도 명절이나 기일과 같은 희로애락을 함께 나누며 살아가는 뒷골목 생활 속에서 무가 선생은 혼자 외로이 살면서 책상 너머의 세상을 바라보며 배우고 있는 듯했다. 하지만 시절이 시절인 만큼 이런 뒷골목 세계에는 무가 선생 외에 또 어떤 사람이 살고 있는지 알 수가 없었다.

얼마 전까지 오사카의 야나기柳 마장 뒷골목에 유무幽夢이라는 이름의 머리를 박박 깎은 글 선생이 살고 있었다. 그런데 도쿠가와가에서

신원을 조사해 보니 바로 도사노가미土佐守가의 조소가베 모리치카長宗我部盛親[2]여서 큰 소동이 벌어졌다. 근처 사람들이 그 사실이 알게 됐을 때에는 이미 그가 종적을 감춘 뒤였다고 했다. 또 나고야의 네거리에서 점을 치고 있는 수상한 사내 역시 도쿠가와가 쪽 사람이 뒤를 캐 보니 세키가하라 전투의 잔당인 모리 가쓰나가毛利勝永가의 가신, 다케다 에이竹田永였다고 했다. 구도 산의 사나다 유키무라真田幸村, 세상을 떠돌아다니는 당대 호걸인 고토 모토쓰구後勝基次 등처럼 도쿠가와가의 신경에 거슬리는 사람들은 모두 세상을 피해 남들 눈에 띄지 않는 생활을 철칙으로 삼고 있었다. 물론 이런 거물들만이 세상을 피해 숨어 사는 것은 아니었다. 미천하고 별일 없는 사람들로 넘쳐 나는 세상이었고 그들이 서로 뒤섞여 살고 있는 뒷골목은 그렇게 신비에 휩싸여 있었다.

그런데 무가 선생을 두고 누가 처음 말했는지는 모르지만, 근래에 그를 무사시라고 부르는 자들이 나타났다. 그들은 다음과 같이 떠들고 다녔다.

"저 젊은 분은 미야모토 무사시라고 하는데 무슨 연유인지 잠시 서당을 하고 있지만 사실은 일승사 소나무 근처에서 요시오카 일문을 이긴 검의 명인이시다."

"설마?"

---

2 세키가하라 전투에서 서군西軍 진영에 가담해 이시다 미쓰나리石田三成와 함께 도쿠가와 이에야스 측인 동군東軍에 대항해 싸운다. 그러나 이 전투에서 서군이 패함에 따라 기존의 영지를 몰수당하게 된다.

“진짜?”

이웃 사람들은 혹시나 하며 무가 선생을 바라보았다. 그런데 이웃 사람들이 말하는 것처럼 무가 선생의 목숨을 노리는 자가 가끔 밤이 되면 뒤편 대나무 숲이나 공터 입구에서 은밀히 그를 감시하고 있었다. 하지만 무가 선생은 그러한 위험인물이 끝없이 자신을 감시하고 있는 것을 대수롭지 않게 여기고 있었다. 오늘도 이웃 아낙에게 주의를 받았지만 밤이 되자 그는 옆집 부부에게 잠시 집을 비운다고 말하고 밖으로 나갔다. 문을 열어 놓은 채 저녁을 먹고 있던 두 사람은 얼핏 처마를 가로질러 가는 그의 모습을 보았다. 무늬가 없는 쥐색 홑옷에 편립을 쓰고 나갈 때는 칼을 차고 있었지만 지금은 그냥 평복 차림이었다. 거기에다 가사라도 걸치면 탁발승이라고 해도 좋을 풍채였다. 아낙은 혀를 차면서 중얼거렸다.

“저 선생은 대체 어딜 가는 걸까? 아이들 공부는 점심 전에 끝내고 낮에는 잠을 자고 밤이 되면 박쥐처럼 나가니…….”

남편이 웃으며 말했다.

“혼자 사는데 뭐가 어때서? 다른 사람이 밤에 나가는 것까지 뭐라고 하다가는 끝이 없는 법이야.”

초저녁 공터를 벗어나도 바람 한 점 불지 않고 무더위는 여전했다. 오카자키의 여름밤, 사람들의 물결과 등불의 일렁거림 속에 피리 소리와 벌레들 울음소리가 들려오고 있었다. 새로 지어지고 있는 에도의 번잡하고 분주함과는 달리 수박 장수와 초밥 장수가 물건을 파는 소리에서 욕의를 입고 밤 산책을 나온 여행객 무리까지 변두리 마을의 고즈넉한 풍정을 온전히 느낄 수 있었다.

"어머, 선생님이다."

"무가 선생님."

"어딜 가시지?"

동네 처녀들이 서로 눈짓을 하며 수군거렸는데 그중에는 인사를 하는 처녀도 있었다. 그가 어딜 가는지 그들도 궁금하긴 마찬가지였다. 그러나 무가 선생은 앞만 보고 걸어갔다. 먼 왕조 시절부터 이 부근은 야하기矢矧의 유녀들로 유명했는데 지금도 오카자키 유녀들은 이곳의 명물이었다.

잠시 후 성 아래 서쪽 끝에 다다르자 넓은 어둠 속에서 개울물이 떨어지는 소리가 들리고 더위도 한풀 꺾인 듯했다. 길이가 이백 팔십 간이라는 다리의 첫 번째 기둥에 '야하기 다리'라는 글자가 달빛을 받아 선명하게 보였다. 그런데 그곳에서 마치 약속이라도 한 듯 기다리고 있던 수척한 승려가 말을 걸었다.

"무사시?"

무가 선생은 승려에게 다가가 웃는 얼굴로 마주 보았다.

"마타하치."

기다리는 사람은 바로 혼이덴 마타하치였다. 에도의 봉행소 앞에서 채찍 백 대를 맞고 쫓겨난 그때 그 모습 그대로의 마타하치였다. 무가란 무사시의 가명이었다. 별빛이 비치는 야하기 다리 위에서 마주 선

두 사람의 사이에는 지난날의 원한 같은 것은 찾아볼 수 없었다.

"스님은?"

무사시가 묻자 마타하치가 대답했다.

"아직 여행에서 돌아오시지도 않았고 아무 소식도 없는 모양일세."

"오래 걸리시는군."

두 사람은 어깨를 나란히 하고 정답게 야하기 다리를 건너갔다. 건너편 소나무 언덕에 오래된 사찰이 있었는데 그 근처를 팔첩 산八帖山이라고 부르기 때문인지 절 이름도 팔첩사八帖寺라고 불렸다. 그곳의 산문을 향해 어두운 언덕길을 걸어 올라가면서 무사시가 말했다.

"마타하치, 어때? 선사禪寺 수행이 고되지 않은가?"

"힘들어."

마타하치는 파르스름한 머리를 숙이고 솔직히 대답했다.

"몇 번이나 도망칠 생각도 하고, 이렇게 고생을 해야 사람이 될 수 있다면 차라리 목을 매 죽어 버릴까 생각한 적도 있었어."

"자넨 아직 입문이 허락된 제자가 아니라서 수행도 걸음마 단계야."

"하지만 그 덕분에 요즘은 약한 마음이 생기려고 하면 이래서는 안 되겠다고 자신을 채찍질할 수 있게 됐어."

"그것만으로도 수행의 보람이 아니겠나."

"괴로울 때면 항상 네 생각을 해. 너도 다 겪은 건데 내가 못 할 리가 없다고 말이야."

"그래, 나도 했는데 네가 못 할 리가 없어."

“그리고 이미 죽었어야 할 목숨을 다쿠안 스님이 구해 주셨다고 생각하고, 또 에도 봉행소에서 형벌을 맞던 때의 고통을 생각하면서 아침저녁으로 수행의 괴로움과 싸우고 있어.”

“간난신고艱難辛苦를 이겨 낸 뒤에는 그 이상의 기쁨이 있어. 살아가는 인간에게는 아침저녁으로 끊임없이 고苦와 쾌快라는 두 개의 물결이 밀려오지. 어느 한쪽에만 집착해서 평안함만 구한다면 인생도 없고 살아갈 의미도 없을 거야.”

“조금씩 깨닫고 있어.”

“하품을 하더라도 그저 ‘고’에 몰두한 인간의 하품과 나태한 인간의 하품과는 전혀 다르네. 수많은 인간 중에는 이 세상에 태어났으면서도 진정한 하품의 의미조차 알지 못하고 벌레처럼 죽어 가는 이가 너무 많아.”

“절에 있으니 주위 사람들에게 여러 이야기를 듣게 되는데 그것이 즐겁네.”

“빨리 선사를 만나서 너를 부탁하고 싶군. 나도 선사에게 물어볼 것이 있고…….”

“대체 언제 돌아오실 것 같은가? 일 년이나 소식도 없다고 하던데.”

“선가에서는 일 년은커녕 구름처럼 이삼 년이 흘러도 거처조차 알 수 없을 때가 다반사야. 좌우지간 이곳에 머물게 되었으니 사 년이고 오 년이고 끝까지 기다린다는 각오를 해.”

“그동안 자네도 여기 오카자키에 있어 줄 텐가?”

"그럼. 뒷골목에 살면서 세상 밑바닥의 잡다한 생활을 경험해 보는 것도 수행 중 하나네. 하릴없이 선사가 돌아오기만을 기다리고 있는 건 아닐세. 나도 수행한다고 여기고 그곳에서 지내고 있는 걸세."

산문이라고 해도 벽도 없이 띠를 이어 만든 문이었고 본당도 빈한한 절이었다. 마타하치는 부엌 옆에 있는 잠자는 오두막 안으로 친구를 데리고 들어갔다. 아직 마타하치는 정식으로 이 절에 입적하지 못했기 때문에 선사가 돌아올 때까지 그곳에서 생활하고 있었다.

무사시는 가끔 마타하치를 보러 이곳에 와서 밤이 깊도록 이야기를 나누고 돌아가곤 했다. 물론 두 사람이 옛 우정을 되찾고 마타하치가 모든 것을 버리고 지금처럼 된 것은 에도를 떠난 후에 무사시가 겪은 많은 우여곡절에서 비롯됐다.

무위의 껍질

지난해 막부를 섬기는 것을 단념하고 대기실의 육첩 병풍에 일필휘지로 무사시노 들판을 그려 놓고 에도 땅을 떠난 무사시는 그 뒤로 어떤 길을 걸어왔을까? 그가 산봉우리를 떠도는 흰 구름처럼 때로 홀연히 모습을 나타냈다가 다시 바람처럼 자취를 감추는 통에 근래의 그의 발자취를 전혀 알 수가 없었다. 그의 발길은 뚜렷한 목적과 일정한 법칙이 있는 것 같으면서도 한편으론 없는 것 같기도 했다. 무사시는 오직 한 길을 향해 한눈을 팔지 않고 걸어가고 있는 듯 보였지만 옆에서 바라보면 자유무애自由無碍[3]하게 자신의 마음이 향하는 대로 머물거나 떠나고 있는 듯 보였다.

무사시노 서쪽 근교인 사가미 천相模川 끝까지 가면 아쓰기厚木의 주막에서 오야마大山, 단자와丹澤 등의 산줄기가 한눈에 들어왔다. 거기서부

3 움직임이 자유로워서 거칠 것이 없음.

터 무사시가 한동안 어디서 무엇을 하며 지냈는지 알 수가 없었다. 무사시는 말 그대로 봉두구면逢頭垢面의 상태로 두 달 후에 산에서 내려왔다. 어떤 미혹을 떨쳐 내기 위해 산에 들어간 듯했지만 겨울 산의 눈에 쫓겨 내려온 그의 얼굴에는 산에 들어갈 때보다 더 괴로운 번뇌가 새겨져 있었다. 풀리지 않는 미혹이 조금씩 그의 마음을 괴롭혔다. 하나의 번민을 떨쳐 내면 또 다른 미혹에 봉착했다. 그리고 다시 검과 마음은 공허해졌다.

"틀렸다."

그는 때때로 이렇게 탄식을 지으며 스스로를 포기할 때조차 있었다.

"차라리!"

여느 사람들처럼 안일安逸을 상상하기도 했다.

'오츠는?'

때때로 그녀를 생각하기도 했다. 오츠와 함께 안일한 생활을 즐길 마음만 갖는다면 당장이라도 그럴 수 있을 것 같은 생각도 들었다. 또 생계를 위해 백 석이나 이백 석의 녹을 받을 결심만 한다면 언제라도 가능하다고도 생각했다. 그러나 다시 생각해서 스스로에게 그것으로 충분한가, 자문해 보면 그는 결코 그런 생애를 감내할 자신이 없었다.

'비겁한 놈! 무엇을 그리 방황하느냐!'

무사시는 이렇게 자신을 향해 욕을 하고 오르지 못할 봉우리를 올려다보며 괴로움에 몸부림을 쳤다. 때로는 아귀처럼 번뇌 속에서 그러했고, 때로는 청아한 봉우리의 달처럼 홀로 고독을 즐기기도 했다. 그의 마음은 아침저녁으로 흐려졌다가 다시 맑아지고, 맑아졌다가는 다시 흐려졌다. 그의 젊은 피는 너무나 많은 정한情恨으로 소용돌이치고 있었다. 그러한 불분명한 마음속 망상처럼 그의 검도 아직 자신이 생각하는 경지에 이르지 못하고 있었다. 그는 그 멀기만 한 길과 자신의 미숙함을 너무나 잘 알고 있었기 때문에 치열한 번뇌와 고뇌가 번갈아가며 엄습해 오곤 했다.

산에 들어가 마음이 맑아질수록 무사시의 젊은 피는 마을과 여자 생각에 아우성을 쳤다. 나무 열매를 먹고 폭포수를 맞으며 아무리 육신을 괴롭혀도 오츠의 꿈을 꾸다 가위에 눌리곤 했다. 그렇게 두 달 만에 그는 산에서 내려오고 말았다. 그리고 후지사와藤澤의 유행사遊行寺에 며칠 머무른 뒤 가마쿠라로 돌아왔는데, 그 선사에서 뜻하지 않게 자신보다 더 큰 괴로움에 몸부림치는 사내를 만났다. 바로 옛 친구인 마타하치였다. 그는 에도에서 쫓겨난 뒤에 가마쿠라에 와 있었다. 가마쿠라에는 절이 많다고 들었기 때문이다. 그는 무사시와는 다른 고뇌를 하고 있었다. 자신이 지금까지 걸어온 나태한 생활로 두 번 다시 돌아갈 생각은 없었다. 무사시가 그에게 말했다.

"늦지 않았네. 이제부터라도 자신을 단련해서 세상에 나가면 되지 않나. 자신을 틀렸다고 단념하면 이미 인생은 끝난 것과 다름없네."

무사시는 그렇게 격려하면서 덧붙였다.

"그렇지만 이렇게 말하는 나도 실은 지금 벽에 부딪친 것처럼 스스로를 의심하며 허무함에 사로잡혀 아무것도 할 생각이 들지 않네. 나는 이런 무위無爲의 병에 이삼 년에 한 번씩 걸리곤 하는데 그때마다 틀렸다고 체념하는 내 자신을 채찍질해서 무위의 껍질을 깨고 밖으로 나오면 다시금 새로운 길이 열리곤 했네. 그러면 그 하나의 길을 향해 매진하네. 그리고 다시 삼사 년이 지나면 막다른 벽에 부딪혀서 무위의 병에 걸리고 마네……."

무사시는 솔직하게 고백하고 마타하치를 보며 말했다.

"그런데 이번 무위의 병은 좀 심하네. 아무래도 깰 수가 없네. 껍질 속과 밖의 어두운 경계 속에서 발버둥 치는 무위의 날들이 계속되는 괴로움……. 그러다 문득 한 분을 떠올렸네. 그분의 힘을 빌리는 수밖에 다른 도리가 없다고. 실은 산을 내려와서 여기 가마쿠라에 온 것도 그분의 소식을 알려고 온 것이네."

무사시가 말한 사람은 그가 열아홉 살인가 스무 살 무렵에 무턱대고 길을 구하며 방황하던 시절, 교토의 묘심사妙心寺 선실禪室을 자주 드나들 때 가르침을 받은 적이 있는 묘심사의 주지 구도 화상으로 다른 이름은 도쇼쿠東寔 선사였다. 그 말을 들은 마타하치가 말했다.

"그런 화상이라면 나도 꼭 소개시켜 주게. 그리고 나를 제자로 삼아 달라고 부탁해 주게."

무사시도 처음에는 마타하치가 진심인지 의심했지만 그가 에도를 떠난 이후 겪은 고생에 대해 듣자 이해할 수 있었다. 무사시는 반드시 제자로 받아 달라고 부탁하겠다고 약속한 뒤 가마쿠라의 선문을 찾아다녔지만 아무도 구도 화상의 소식을 아는 사람이 없었다. 몇 년 전에 구도 화상이 묘심사를 떠난 뒤 아즈마노쿠니東國에서 오우奧羽 근처를 여행하고 있다는 이야기를 들었지만, 정처 없이 떠도는 몸이어서 어떤 때는 고미즈노오덴後水尾 천황에게 선禪을 강연하고 있는가 하면, 또 어떤 때는 제자를 한 명도 거느리지 않고 인가도 없는 산속을 걷다가 해가 져서 굶기를 밥 먹듯이 하는 사람이었다.

"오카자키에 있는 팔첩사에 가서 물어 보시오. 그곳에 종종 들르시니까 말이오."

무사시와 마타하치는 어떤 절에서 가르쳐 준 대로 오카자키에 왔지만 역시 구도 화상은 없었다. 하지만 재작년에 갑자기 찾아와서 미치노구陸奧에서 돌아올 때 다시 들르겠다고 말했다는 이야기를 들은 두 사람은 몇 년이고 구도 화상이 돌아올 때까지 기다리기로 했다. 무사시는 마을에 임시 거처를 마련했고 마타하치는 절 부엌에 딸린 오두막을 빌려서 벌써 반년 넘게 구도 화상이 나타날 날만 기다리고 있었던 것이다.

"방 안에 모기가 많아서."

마타하치는 모기향 때문에 눈이 매워 견디기 어려운지 무사시에게 말했다.

"밖으로 나갈까? 밖에도 모기가 있지만 조금은……."

말하는 동안에도 마타하치는 연신 눈을 비볐다.

"응, 어디라도 좋으니 그렇게 하세."

무사시가 먼저 나갔다. 그는 마타하치를 찾을 때마다 조금이라도 그의 마음을 편하게 해 주고자 했다.

"본당 앞으로 가세."

한밤중이어서 그곳에는 아무도 없었다. 대문은 닫혀 있었고 바람도 잘 통했다.

"칠보사 생각이 나는군."

마타하치는 툇마루에 앉아 발을 계단에 뻗으며 중얼거렸다. 두 사람은 무슨 얘기를 하든 간에 이내 고향에서의 추억과 연관 지어 이야기했다.

"흐음."

무사시도 고향 생각이 났다. 그리고 늘 그렇듯 두 사람은 그 이후로 아무 말도 하지 않았다.

고향 얘기가 나오면 두 사람의 머릿속에는 저절로 오츠가 떠올랐다. 또 마타하치의 어머니 일과 수많은 괴로운 기억들이 떠올라 둘의 우정을 뒤흔드는 듯했다. 마타하치는 지금도 그것을 두려워했다. 무사시도 일부러 그런 이야기를 피하고 있었다. 하지만 마타하치는 이날 밤만은 그에 대해 이야기하고 싶어 하는 표정이었다.

"칠보사가 있는 산은 여기보다 높았었지. 산기슭에는 야하기 강과 똑같이 요시노 강이 흐르고 있었어. 하지만 여긴 천 년 된 삼나무가 없어."

마타하치는 그렇게 말하며 무사시의 옆얼굴을 바라보더니 갑자기 말을 꺼냈다.

"무사시, 언젠가 한 번은 꼭 부탁하려 했지만 차마 입이 떨어지지 않아 말을 못 했는데, 자네에게 용서를 구해야 할 일이 있네. 들어 주겠나?"

"나에게? 무엇인지 말해 보게."

"오츠 일이네."

"흠."

"오츠를……."

마타하치는 말도 꺼내기 전에 감정이 복받쳤는지 눈에서 금세 눈물이 쏟아질 듯했다. 무사시의 안색도 변했다. 서로 말하지 않으려고 하던 이야기를 마타하치가 갑자기 꺼내자 무슨 뜻으로 하는 말인지 가늠할 수 없었기 때문이었다.

"자네와 나는 한마음이 되어 이렇게 밤늦도록 이야기를 주고받고 있지만 오츠는 어떻게 됐을까? 아니, 장차 어떻게 될까? 요즘 불쑥 생각이 날 때마다 마음속으로 미안하다고 사죄를 하고 있네."

"……."

"나는 정말 오랫동안 오츠를 잘도 괴롭혔네. 한때는 악착같이 뒤를 쫓아다녔고 에도에서는 집 안에 가두어 둔 일도 있었는데 그녀는 결코 나에게 마음을 주지 않았네. 생각해 보면 세키가하라 전투에 나간 뒤로 오츠는 나라는 가지에서 멀리 떨어진 땅에 떨어진 꽃이었네. 지금의 오츠는 다른 가지에 핀 꽃이네."

"……."

"다케조, 아니 무사시. 제발 부탁이니 오츠를 아내로 맞이해 주게. 오츠를 구할 수 있는 사람은 자네밖에 없네. 그전의 나 같으면 절대로 이런 말을 입에 담지 않겠지만, 나는 지금까지의 잘못을 사문의 제자가 되어 속죄하려고 마음을 먹었네. 이젠 깨끗이 단념했네. 허나 걱정되는 마음은 어쩔 수 없네. 부탁이니 오츠를 찾아서 그녀의 바람을 이루어 주게."

밤도 깊은 이경 무렵, 팔첩사 산문에서 솔바람 소리가 들리는 어둠 속 산기슭을 내려가는 무사시의 모습이 보였다. 자신이 말한 무위와 공허의 번뇌가 발목을 휘감고 있는 듯 그는 팔짱을 끼고 얼굴을 숙인 채 걸음을 옮기고 있었다. 방금 본당에서 헤어진 마타하치가 한 말이 솔바람을 타고 귓전에서 떠나지 않았다.

"제발 부탁이니 오츠를."

마타하치의 목소리와 얼굴은 진심이었다. 그가 그 말을 꺼내기까지 몇 날 밤을 고뇌하고 괴로워했을 것임을 능히 짐작할 수 있었다. 하지만 자신에게는 그보다 더한 괴로움과 고뇌가 있다는 것을 부인할 수가 없었다.

"부탁하네!"

마타하치는 두 손만 모으지 않았을 뿐 그때까지 자신을 괴롭히던 번뇌의 불꽃에서 벗어난 듯했다. 오히려 해탈한 것처럼 슬픔과 법열, 두 개의 감정 속에서 새로 태어난 아이처럼 다른 삶을 살면서 보람을 찾는 심정일 것이었다. 무사시는 마타하치가 자신을 바라보면서 그 말을 했을 때, 그렇게 할 수 없다고 잘라 말하지 못했다.

"오츠를 아내로 맞이할 생각은 없네. 예전에는 자네 약혼자였어. 자네야말로 참회와 진심을 다해 오츠와의 인연을 다시 찾도록 하게!"

이렇게는 더더욱 말할 수 없었다. 그럼 뭐라고 말을 했던가. 무사시는 끝내 아무런 말도 하지 않았다. 무슨 말을 해도 결국 자신이 하는 말은 거짓말이 될 것이기 때문이었다. 그렇다고 해서 가슴속 깊은 곳의 진심을 말하지도 못했다. 그와 달리 오늘 밤의 마타하치는 필사적이었다.

"오츠의 일부터 해결하지 않으면 사문의 제자가 된들, 또 다른 수행을 한들 그 모든 것이 헛된 일이 될 것이네."

그리고 다시 말했다.

"자네가 나한테 수행을 권하지 않았나? 그렇게 나를 친구라고 생각한다면 오츠도 구해 주게. 그것이 나를 구하는 일이기도 하지 않나."

마타하치는 칠보사 시절의 어린아이처럼 마침내는 엉엉 울면서 말했다. 무사시는 그의 그런 모습을 보고 마음속으로 감동을 했다.

'네 살 무렵부터 보아 왔지만 이렇게 순정적인 남자인 줄은 몰랐구나. 아, 그에 비해 난 얼마나 추하고 한심한가.'

무사시는 스스로를 부끄럽게 생각하면서 마타하치와 헤어졌다. 헤어질 때 마타하치가 옷자락을 붙잡고 마지막인 것처럼 재차 말하자 무사시는 비로소 이렇게 말했다.

"생각해 보겠네."

그럼에도 마타하치가 계속하여 대답을 재촉하자 무사시는 어쩔 수 없이 말했다.

"생각할 시간을 주게."

무사시는 그 자리를 모면하기 위해 간신히 그렇게 말하고 산문을 나온 것이었다.

'비겁한 놈!'

무사시는 자책하면서 무위의 어둠 속에서 벗어나지 못하고 있는 자신을 측은하게 바라보았다.

무위의 괴로움은 무위로 고뇌하는 사람들이 아니면 알 수가 없었다. 안락安樂은 모든 사람이 원하는 바이지만 안락안심安樂安心[4]의 경지와는 크게 다르다. 무언가를 하려 해도 도저히 할 수가 없었다. 피투성이가 되도록 몸부림치지만 머리와 눈빛에 공허함이 가득한 심정이었다. 병이지만 육신에는 아무 이상도 없고, 머리가 벽에 부딪쳐 뒤로 물러서려 해도 물러서지 못하고, 앞으로 나가려고 해도 나갈 수 없었다. 옴짝달싹할 수 없는 공간에 꽁꽁 묶여 어찌할 수 없는 심정으로 마침내는 자신을 의심하고 경멸하며 눈물을 흘리고 말았다.

'한심한 놈!'

무사시는 화도 내 보고 반성도 해 보았지만 도저히 어찌할 수가 없었다. 무사시노에서 이오리를 버리고 곤노스케와도 헤어지고, 또 에

---

4 일체의 번뇌와 고뇌가 소멸되고 마음을 한곳에 집중하여 흔들리지 않는 경지에 이른 상태.

도에 있는 모든 지기들과도 깨끗하게 작별하고 바람처럼 떠난 것도 희미하게나마 이 증상의 전조를 느끼고 있었기 때문이었다.

'이대로는 안 된다.'

무사시는 이내 그 껍질을 깨부수고 밖으로 나온 것처럼 여겼다. 그렇게 반년이 넘는 시간이 지나고 문득 정신을 차려 보니 깨뜨린 줄 알았던 껍질이 여전히 공허한 자신을 감싸고 있었다. 일체의 신념을 상실한 매미 허물 같은 자신의 그림자가 오늘 밤에도 어두운 바람 속을 걸어가고 있었다. 오츠의 일이나 마타하치의 부탁 등, 지금의 무사시로서는 해결할 수 있는 문제가 아니었다. 생각하고 또 생각해도 그것을 정리할 수가 없었다.

야하기 강의 폭이 넓어졌다. 이곳까지 오자 주위가 새벽녘처럼 희끄무레해졌다. 강바람이 편립 끝을 스치고 날카로운 소리를 내며 불어갔다. 그 세찬 강바람을 타고 무언가가 스치고 지나갔다. 무사시의 몸에서 불과 다섯 척도 떨어지지 않은 공간을 꿰뚫고 지나갔지만 무사시는 그것보다 더 빨랐다. 이미 무사시의 모습은 그곳에서 보이지 않았다.

탕, 하고 야하기 강이 동시에 울렸다. 총소리가 분명했다. 멀리서 화력이 상당히 센 화약으로 쏘았다는 것은 총소리와 울림 사이에 숨을 두 번 들이쉴 정도의 시간이 있었던 것으로 짐작할 수 있었다. 무사시는 야하기 다리 위로 재빨리 뛰어올라 박쥐처럼 몸을 숙이고 있었다.

"……?"

붓을 만드는 옆집 부부가 늘 걱정하며 일러 주던 말이 떠올랐다. 그러나 무사시는 오카자키에 자신을 노리는 자가 있다는 사실이 믿기지 않았다. 어떤 자인지 도저히 감이 잡히지 않았다.

'그래, 오늘은 누구인지 알아내야겠다.'

다리 바닥에 몸을 바싹 대고 엎드린 순간, 그렇게 생각했다. 언제까지나 숨을 죽이고 꼼짝하지 않았다. 시간이 꽤 지났다. 이윽고 두세 명의 사내가 팔첩사 언덕 쪽에서 바람처럼 달려오더니 무사시가 앞서 서 있던 부근을 연신 둘러보고 있었다.

"어디 갔지?"

"보이지 않는데?"

"혹시 다리에서 가까운 쪽이 아니었나?"

그들은 무사시가 이미 시체가 되어 쓰러졌을 것이라고 생각하고 심지도 내던지고 철포만 들고 달려온 듯했다. 놋쇠로 만든 철포가 반짝반짝 빛을 발하고 있었다. 전장에 갖고 나가도 될 만큼 훌륭한 총이었다. 철포를 든 사내와 다른 두 명의 무사는 모두 검은 옷을 입고 있어 눈밖에 보이지 않았다.

무일물

'누굴까?'

무사시는 그곳에 나타난 세 명의 사내가 누구인지 짐작이 가지 않았지만 언제라도 자신을 노리는 적을 맞아 싸울 준비가 되어 있었다.

무사시뿐 아니라 지금과 같은 시대를 살아가는 사람이라면 누구나 평소에 그런 주의를 기울이고 있었다. 살벌하고 무질서한 난세의 광풍이 완전히 잦아들었다고 할 수는 없었다. 사람들은 모반과 모략 속에서 살아가고 있었으므로 모두 지나치게 조심스러웠고 의심이 많았다. 심지어 아내에게조차 마음을 놓을 수 없었고 골육 간에도 피비린내 나는 싸움을 하는 풍조가 세상을 물들이고 있었다.

이제까지 무사시의 칼 아래 쓰러진 자, 혹은 그에게 패하고 세상에서 몸을 숨긴 자를 헤아릴 수 없었다. 그러한 패자의 일문과 가족까지 합친다면 그 수가 얼마나 될지 알 수 없었다. 정당한 시합이거나 무사시에게 잘못이 없는 경우였다고 할지라도 목숨을 잃은 쪽에서 본다면 무사시는 어디까지나 원수일 수밖에 없었다. 이를테면 마타하치의 어머니와 같은 이가 그 예라고 할 수 있었다. 때문에 검의 길을 택한 자에게는 끊임없이 위험이 뒤따랐다. 하나의 위험을 베어 버리면 그것이 또 다른 위험을 잉태하고 적을 만들었다. 그러나 수행을 하는 자에게 있어 위험은 자신의 칼을 갈 수 있는 다시없는 기회로, 적은 훌륭한 스승이라고도 할 수 있었다.

잠든 사이에도 방심할 수 없는 위험을 통해 단련하고 끊임없이 자신의 목숨을 노리는 적을 스승으로 삼아야 했다. 더욱이 검의 길은 사람을 살리고 세상도 다스리며 스스로를 보리菩提의 평온함에 이르게 해서 세상 사람들과 함께 영원히 살 수 있는 기쁨을 나누고자 하는 바람이기도 했다. 그런 지난한 여정 위에서 때로는 지치고 허무함에 사로잡혀 무위에 안주하고 있을 때, 목숨을 노리고 있던 적은 돌연 그 모습을 나타낸다.

무사시는 야하기 다리의 도리橋桁에 몸을 바싹 숙이고 있었다. 그 순간, 나태함과 망설임이 온몸의 구멍을 통해 흔적 없이 빠져나가는 것을 느꼈다. 발가벗은 채로 눈앞의 위험에 노출된 생명의 고동을 느꼈다.

"흐음."

적이 누구인지 확인하기로 마음먹은 무사시는 그들을 유인하기 위해 일부러 숨죽이고 있었다. 그들은 예상했던 무사시의 시체가 보이지 않자 퍼뜩 깨달았는지 그늘 속에 몸을 숨긴 채 인적이 없는 길가와

다리 기슭을 엿보고 있었다. 무사시는 적들의 정체가 의심스러웠다. 그들은 행동이 매우 민첩했고 검은 옷을 입고 있었지만 허리에 찬 칼의 장식이나 각반 등으로 볼 때 단지 일개 떠돌이 낭인이나 도적이라고 할 수 없었다. 이 지역의 번사藩士라면 오카자키의 혼다本多가가 아니면 나고야의 도쿠가와가일 텐데 그들로부터 공격을 받을 이유는 없었다. 아무래도 이상했다. 사람을 잘못 본 것일지도 몰랐다. 하지만 그렇다고 하기에는 얼마 전부터 골목 안을 엿보거나 옆집 부부도 알아챌 만큼 뒤편 수풀에서 감시한 것이 설명될 수 없었다. 분명 무사시를 알아보고 기회를 노리고 있는 자들이 분명했다.

'흐음, 다리 건너편에도 같은 편이 있는 모양이군.'

무사시가 유심히 지켜보고 있자니 그늘 속에 숨어 있던 세 명이 심지에 불을 붙여서 강 건너편을 향해 흔들고 있었다. 이곳에 철포를 들고 숨어 있는 자들 말고 다리 건너편에도 또 한패가 있다면 적은 오늘 밤에 무사시를 반드시 없애고자 단단히 벼르고 온 것이 분명했다. 무사시가 팔첩사를 찾아갈 때마다 이 다리를 지나곤 했으니 적은 그것을 확인하고 유리한 위치에 숨어 충분히 준비하고 있었음에 틀림없었다. 그래서 무사시는 현재의 위치에서 섣불리 벗어날 수 없었다. 움직이는 순간 총알이 날아올 것이 뻔했다. 이곳의 적을 피해 단숨에 다리를 건너는 것은 더욱 위험한 일이었다. 그렇다고 언제까지나 다리 위에서 몸을 숙이고 있는 것도 상책이 아니었다. 왜냐하면 적은 건너편에 있는 한패와 심지로 신호를 주고받고 있어서 시간이 지날수록 그에게 불리해질 것이 자명했다.

그러나 무사시는 이미 순간적으로 어떻게 대처할 것인지 결단을 내리고 있었다. 병법은 어디까지나 평상시의 이론에 불과할 뿐, 실전에서는 순간의 결단을 요하기 때문에 이론에 따라 생각하지 않고 이른바 '육감'에 따라 행동해야 했다. 평상시의 이론은 육감과 완만하게 연결되어 있어서 실전의 위급한 상황에서는 너무 느리게 반응하기 때문에 패하는 경우가 왕왕 있었다.

육감이란 무지한 동물에게도 있는 것이어서 영능靈能과 혼동되기 쉽다. 지식과 훈련으로 단련된 자의 육감은 한순간에 이론을 뛰어넘어 그것의 궁극에 도달해서 눈앞의 상황을 파악하고 올바른 판단을 내릴 수 있도록 한다. 특히 지금의 무사시와 같은 상황에 처했을 때는 더욱 그러하다.

무사시는 몸을 숙인 채 큰 소리로 적에게 말했다.

"숨어 있어도 심지가 보이니 소용이 없다. 내게 볼일이 있으면 여기까지 걸어와라. 나는 여기 이곳에 있다!"

강바람이 강하게 불고 있어서 그들이 들었을지 의심스러웠지만 곧바로 대답 대신 두 번째 총알이 무사시의 말소리가 난 쪽을 향해 날아왔다. 그러나 무사시는 이미 그곳에 있지 않았다. 난간을 따라 아홉 척이나 떨어진 곳으로 몸을 옮긴 무사시는 총알이 날아온 순간, 적이 숨어 있는 어둠을 향해서 단숨에 내달렸다. 다음 총알을 재우고 심지에 불을 붙일 틈도 없이 세 명의 적은 당황해서 칼을 뽑아 들고 달려오는 무사시를 삼면에서 맞섰지만 제대로 된 협공을 할 수가 없었다.
무사시는 세 사람 속으로 뛰어들며 정면에 있는 적을 한칼에 쓰러뜨리고 왼손으로 뽑아 든 단검으로 왼편의 적을 옆으로 후려쳤다. 남은 한 명은 몹시 당황해서 도망을 치다 눈먼 장님처럼 다리 난간에 부딪치더니 그대로 다리 너머로 줄행랑을 치고 말았다. 무사시는 한동안 다리 난간에 몸을 붙이고 태연히 다리를 건너다 잠시 발걸음을 멈춰 적을 기다렸다. 하지만 아무런 일도 일어나지 않자 집으로 돌아와 잠을 잤다.
다음 날, 무사시는 무가 선생이 되어 책상을 앞에 두고 서당 아이들과 함께 붓을 들고 글공부를 하고 있었다.
"실례합니다."
두 명의 무사가 처마 아래를 들여다보며 외쳤다. 그들은 좁은 토방 입구가 아이들의 신발로 가득 차 있는 것을 보고 문도 없는 뒤편으로 돌아가서 툇마루 앞에 섰다.
"무가 선생께서는 집에 계십니까? 저희들은 혼다가의 가신인데 심부름으로 찾아왔습니다."
아이들 속에서 무사시가 얼굴을 들고 대답했다.
"제가 무가입니다만."
"귀공이 무가라는 가명을 쓰고 계시는 미야모토 무사시 님이십니까?"
"예?"
"숨기지 마십시오."

"제가 무사시입니다. 무슨 일이신지요?"

"번의 와타리시마亘志摩 대장님을 알고 계신지요?"

"글쎄, 잘 모르는 분입니다만."

"그분께서는 잘 알고 계십니다. 귀공께서는 이곳 오카자키에서 열린 하이카이排諧[5] 자리에 참석하신 적이 있지 않으신지요?"

"함께 가자고 권하는 이가 있어서 모임에 갔었습니다. 무가는 가명이 아니고 문득 그 자리에서 떠올라 지은 아호입니다."

"아, 그렇군요. 뭐 그건 아무래도 좋습니다만, 와타리시마 님께서도 하이카이를 즐기시고 가신 중에서도 좋아하시는 분들이 많습니다. 하룻밤 조용히 이야기를 나누고 싶다고 하시는데, 와 주실 수 있으신지요?"

"하이카이에 초대하시는 것이라면 달리 풍류를 아시는 분들이 있을 것입니다. 어쩌다 권유를 받고 그런 자리에 참석한 적은 있지만 저는 본시 풍류를 모르는 야인에 지나지 않습니다."

"연회를 열어 하이카이를 짓자는 것이 아닙니다. 와타리시마 님께서 어떤 연유에선지 귀공을 알고 계시어 만나 뵙고 싶다는 것입니다. 또 무예에 대한 이야기도 나누고 싶다 하셨고요."

글을 배우러 온 아이들은 모두 붓을 놓고 무사시의 얼굴과 마당에 서 있는 두 무사들의 얼굴을 걱정스러운 듯이 번갈아 쳐다보고 있었다. 무사시는 아무 말 없이 마당에 서 있는 무사들을 똑바로 바라보다

5 에도시대에 유행한 시가詩歌의 한 형식.

가 이윽고 마음을 정했는지 대답했다.

"알겠습니다. 초대를 하시니 가도록 하겠습니다. 한데 날짜는?"

"괜찮으시면 오늘 밤이라도."

"와타리시마 님의 저택은 어딘지요?"

"오신다면 시간에 맞춰 가마를 보내겠습니다."

"그럼 기다리겠습니다."

"무사시 님, 실례했습니다. 그럼 틀림없이 그 시각까지 준비를 마치시고 기다려 주시길 바랍니다."

말을 마친 두 사람이 서로 마주 보고 고개를 끄덕이더니 돌아갔다. 그러자 옆집 아낙이 부엌에서 얼굴을 내밀고 불안한 눈길로 엿보았다. 무사시는 손님이 돌아가자 먹물이 묻은 아이들의 얼굴과 손을 둘러보며 웃으며 말했다.

"이놈들, 남의 얘기에 정신이 팔려 공부를 소홀히 해서는 안 된다. 자, 다시 공부하거라. 선생님도 공부를 시작할 테니 아무 소리도 귀에 들리지 않을 때까지 열심히 하거라. 어릴 때 게으름을 피우면 이 선생님처럼 커서도 글공부를 해야 할 것이다."

황혼녘, 무사시는 차비를 하고 가마를 기다리고 있었다.

"그만두는 게 좋아요. 무슨 핑계라도 대고 거절하는 편이……."

그사이 옆집 아낙은 툇마루 끝에 와서 말리더니 나중에는 눈물까지 글썽였다. 잠시 후, 무사시를 데리러 온 가마가 골목 입구에 도착했다.

가마는 평민들이 타는 것이 아니라 귀족들이 타는 가마였는데 아침에 왔던 무사 두 명과 시종 세 명이 딸려 있었다. 가마 주위로 사람들이 몰려들어 무슨 일인가 하고 눈이 휘둥그레져서 지켜보고 있었다. 무사시가 무사들의 마중을 받아 가마에 오르자 서당 선생이 출세를 했다며 수군거리는 자들도 있었다. 아이들은 다른 애들을 불러서 서로 수군댔다.

"선생님은 훌륭하신 분이다."

"저런 가마는 훌륭한 사람이 아니면 탈 수 없거든."

"어딜 가시는 걸까?"

"이제 안 돌아오시는 거 아냐?"

가마의 문이 닫히자 무사들이 앞을 막아 선 사람들에게 소리치며 가마꾼을 재촉했다.

"빨리 출발하자."

하늘은 붉게 물들어 있었고 소문은 저녁노을을 타고 온 동네에 퍼져나갔다.

사람들이 모두 돌아간 후, 옆집 아낙이 오이씨며 물에 불은 밥풀이 섞인 구정물을 길가에 뿌리고 있는데 젊은 제자를 거느린 중이 나타났다. 법의만 보아도 곧 알 수 있는 선가의 행각승이었다. 기름매미처럼 피부는 검었고 항아리처럼 눈두덩이 움푹 들어가고 높이 솟은 미골 아래의 두 눈은 빛을 뿜고 있었다. 마흔에서 쉰 사이의 나이인 듯 보였는데 본시 이러한 선가 승의 나이는 보통 사람의 눈으로는 가늠

할 수가 없었다. 몸집은 작고 군살이라고는 전혀 없이 깡말랐지만 목소리는 굵었다.

"여보게."

그는 함께 온 제자를 돌아보며 물었다.

"마타하치라고 했는가? 여보게, 마타하치."

"예예."

근처 처마를 기웃거리던 마타하치가 황망히 행각승 앞으로 와서 머리를 숙였다.

"모르겠는가?"

"지금 찾고 있는 중입니다."

"자넨 온 적이 없는가?"

"예. 무사시가 항상 산으로 찾아왔기에 그만."

"근처 사람들에게 물어보게."

"예, 그리하겠습니다."

마타하치는 조금 걸어가다 이내 다시 되돌아와서 물었다.

"구도 스님, 구도 스님."

"왜 그러나?"

"알았습니다."

"알았는가?"

"바로 저기 골목 입구 판자에 '동몽 도장, 습자 선생 무가'라고."

"흠, 그곳이군."

“제가 먼저 가 보겠습니다. 구도 스님께서는 여기서 기다리시겠습니까?”

“같이 가세.”

그저께 밤, 무사시와 오츠 이야기를 하고 헤어진 후에 이제나저제나 마음을 졸이던 마타하치에게 큰 기쁨이 찾아왔다. 목을 길게 빼고 기다리고 있던 구도 화상이 아무런 예고도 없이 홀연히 팔첩사에 나타난 것이었다. 마타하치가 구도 화상에게 무사시 이야기를 하자 그도 기억하고 있었다.

“만나 보세. 빨리 불러오게. 아니지, 그도 이제 어엿한 사내이니 내가 가는 것이 낫겠군.”

구도 화상은 팔첩사에서 잠시 쉰 후, 바로 마타하치를 앞세우고 마을로 내려온 것이었다.

와타리시마가 오카자키의 혼다가에서도 중신에 속한다는 것은 무사시도 알고 있었지만 그에 대해서는 전혀 아는 바가 없었다.

‘무엇 때문에 나를 맞이하러 사람을 보냈을까?’

이에 대해서도 전혀 짐작이 가는 바가 없었다. 굳이 그 까닭을 찾는다면 어제 야하기 부근에서 가신인 듯한 두 명을 죽였는데 그것과 연관이 있는 것이 아닌가 싶었다. 아니면 평소부터 무사시의 목숨을 노리고 있는 누군가가 자신의 힘으로는 어쩌지 못하고 와타리시마라는 배후의 인물을 정면으로 내세워서 함정을 판 것이 아닌가 싶기도 했다.

어찌 됐든 좋은 일인 것 같지는 않았다. 그럼에도 불구하고 순순히 따라나선 데에는 무사시도 그만한 각오를 하고 있었던 듯했다. 그 각오란 한마디로 임기臨機였다. 가 보지 않고서는 알 수가 없었다. 이런 경우 섣부른 짐작은 금물이었다. 기機에 임해서 순간적으로 마음을 정하는 수밖에 다른 방법이 없었다. 가는 도중에 일이 일어날지, 아니면 도착한 후에 일어날 것인지, 적이 유柔하게 나올지 강剛하게 나올 지는 아직 미지수였다.

바다를 흔들며 가는 듯 가마의 밖은 어두웠고 솔바람 소리만 들렸다. 오카자키 성의 북쪽 성곽 일대는 소나무가 많았는데 그 부근을 지나가는 중인 듯했다.

"……."

무사시는 눈을 반쯤 감고 가마 안에서 꾸벅꾸벅 졸고 있었다. 겉으로 보기에는 각오를 한 사람처럼 보이지 않았다. 삐걱, 문이 열리는 소리가 들렸다. 가마를 멘 자의 걸음걸이가 느려지더니 사람들의 목소리가 어렴풋이 들리고 여기저기서 부드러운 불빛이 비쳤다.

"도착했나 보군."

무사시가 가마 밖으로 나오자 시종들이 말없이 그를 정중히 맞이해 넓은 객실로 안내했다. 발을 올리고 사방의 문들을 활짝 열자 파도 소리 같은 솔바람이 불어 여름이라는 것을 잊을 만큼 시원했지만 등불은 금방이라도 꺼질 듯 심하게 흔들렸다.

"와타리시마입니다."

곧 강건하고 오십 대로 보이는 주인이 나와 인사를 했는데 경박해 보이지 않는 품이 전형적인 미카와三河 무사였다.

"무사시라고 합니다."

무사시도 인사를 했다.

"편히 앉으시지요."

시마는 가볍게 고개를 숙여 보이고 바로 본론으로 들어가려는 듯 말했다.

"간밤에 우리 무사 두 명을 야하기 다리에서 베었다고 하는데 사실인지요?"

깊이 생각하고 어쩌고 할 여유를 주지 않겠다는 태도였다. 무사시 또한 그 사실을 감출 생각은 추호도 없었다.

"사실입니다."

이제 어떻게 나올 것인가, 무사시는 와타리시마의 눈을 응시했다. 등불이 두 사람의 얼굴에서 끊임없이 일렁거렸다.

"그 일에 대해……."

와타리시마는 침통한 어조로 약간 머리를 숙이며 말했다.

"사죄를 해야 할 듯합니다. 무사시 님, 우선 용서해 주시길 바랍니다."

하지만 무사시는 그의 인사를 온전히 받아들이지 않고 있었다. 와타리시마는 오늘 처음 들은 이야기라고 전제한 뒤 말했다.

"번에 야하기 다리 근처에서 칼을 맞았다는 보고가 올라와서 조사해 보니 상대가 귀공이라는 걸 알게 되었습니다. 귀공의 이름은 익히 알고 있었지만 저희 성내에 살고 계신 줄은 처음 알았습니다."

거짓말 같지는 않았다. 무사시도 믿고 듣기 시작했다.

"그래서 어찌하여 귀공을 죽이려 하였는지 엄중하게 조사해 봤더니 저희 번의 손님 중에 동군류東軍流의 병법가인 미야케 군베三宅軍兵衛라는 분이 계신데, 그분의 문하생과 번의 가신 네다섯 명의 소행이라는 것을 알게 되었습니다."

"흐음?"

무사시는 더욱 이해할 수 없다는 표정을 지었지만 와타리시마의 이야기를 듣자 그 의문이 풀렸다.

미야케 군베의 직계 제자 중에 교토의 요시오카가에 있던 자가 있었고 또 혼다가의 제자들 중에도 요시오카 문파의 제자가 몇 십 명이나 있었던 것이다. 그들은 요즘 성 아래 마을에 무가라고 이름을 바꾸고 살고 있는 낭인이 교토의 연대사 들판, 연화왕원 서른세 칸 당, 일승사 소나무 근처에서 연달아 요시오카 일족을 죽이고 마침내는 요시오카 가문의 대까지 끊은 미야모토 무사시라는 소문을 들었던 것이다. 아직도 무사시에게 깊은 원한을 품고 있는 자가 원수를 갚자는 말을 꺼내자 모두가 그것에 동조하였고 기회를 엿보더니 결국 어젯밤과 같은 사달이 일어났다는 것이었다.

요시오카 겐포의 이름은 여전히 사람들의 존경을 받고 있어서 가는 곳마다 그 이름을 듣지 않는 곳이 없었다. 그러니 한창 이름을 떨치던 시대에는 여러 나라에 문하생들을 얼마나 많이 거느리고 있었는지 능히 짐작할 수 있었다. 혼다가만 하더라도 요시오카 검술을 배운 자가 수십 명에 이르고 있었다. 무사시는 사건의 진상을 알게 되자 자신을 원망하고 있는 사람들의 심정을 알 것도 같았다. 그러나 그것은 무인으로서가 아니라 인간의 단순한 감정에 지나지 않았다.

"그래서 그들의 그릇된 생각과 부끄럽게 여겨야 할 비열한 행동에 대해 오늘 성내에서 호되게 질책했습니다. 한데 손님으로 와 계시는 미야케 군베 님께서 자신의 문하생도 그 일에 가담했다는 말을 듣고 몹시 부끄럽게 여기시더니 꼭 귀공을 만나 사과의 말을 하고 싶다고 하십니다. 괜찮으시면 이리로 모셔 만나게 해 드리고 싶습니다만."

"군베 님께서 모르시는 일이라면 그럴 필요까지는 없을 듯합니다. 병법자에겐 간밤과 같은 일은 흔한 일이니 말입니다."

"그렇다고는 하지만……."

"사죄의 말씀보다 그저 도道에 대해 이야기를 나눈다면, 예전부터 고명은 익히 들어 알고 계신 분이라 만나 뵙는 것에는 이의가 없습니다만."

"실은 군베 님도 그것을 바라고 계십니다. 그럼 이리로……."

와타리시마는 바로 시종에게 그런 뜻을 전하라고 시켰다.

미야케 군베는 먼저 와서 다른 방에서 기다리고 있었는지 다섯 명의 제자를 거느리고 곧 들어왔는데 제자들 역시 이곳 혼다가의 가신들이었다. 일단 위험한 일은 해결된 듯 보였다. 와타리시마가 미야케 군베와 다른 사람들을 소개하자 군베가 말했다.

"부디 어젯밤 일은 너그러이 용서해 주시길 바랍니다."

군베가 그렇게 제자들의 잘못을 사과하자 이후의 분위기는 격의가 없어졌고 검술이나 세상 이야기를 하면서는 흥이 돋았다. 무사시가 군베에게 물었다.

"동군류라고 하는 유파는 여태껏 들은 적이 없는 듯한데 귀공께서 창시한 것인지요?"

"제가 창시한 것이 아닙니다."

군베는 말을 이었다.

"제 스승님은 에치젠越前 분으로 가와사키 가기노스케川崎鑰之助라는 분이십니다. 조슈上州의 하쿠운 산白雲山에 들어가셔서 새로운 검술을 터득하셨다고 전서轉書에 쓰여 있습니다만 실은 천태종天台宗의 동군東軍 스님께 검술을 배우신 듯합니다."

말을 마친 그는 무사시를 새삼 찬찬히 바라보며 바싹 다가앉았다.

"일찍이 고명을 들은 바로는 좀 더 연배가 있으신 줄 알았는데 이렇듯 젊으셔서 뜻밖이었습니다. 이것도 인연이니 부디 한 수 지도를 부탁하고 싶습니다만."

"언제 기회가 되면……."

무사시는 가볍게 받아넘기면서 말했다.

"돌아가는 길도 모르니 이만……."

무사시는 그렇게 말하고 와타리 시마에게 작별 인사를 고하려 하자 군베가 만류하며 말했다.

"너무 이르지 않습니까. 돌아가실 때는 마을 입구까지 전송해 드리겠습니다. 실은 귀공께 문하생 둘이 야하기 다리 근처에서 칼을 맞아 죽었다는 이야기를 들었을 때, 저도 달려가서 시체를 보았습니다. 그런데 두 구의 시체가 있는 위치와 몸에 남아 있는 자상이 아무래도 합치되지 않아 의구심이 들었습니다. 하여 도망쳐 온 문하생에게 자세히 물어보니 잘 보지는 못했지만 분명 귀공은 양손에 칼을 동시에 잡고 있었던 듯하다고 하더군요. 그것은 보기 드문 병법인데 '이도류二刀流'라고 해야 하는 것인지요?"

무사시는 미소를 지으며 자신은 이제껏 의식해서 이도를 쓴 적은 없고 언제나 일체일도一體一刀라고 생각하고 있는데 하물며 자신의 유파를 '이도류'라고 지칭한 적은 한 번도 없다고 말했다. 그러나 군베와 다른 사람들은 곧이듣지 않았다.

"겸손해하시지 마시고……."

그들은 이도류에 대해 이것저것 물어보다가 도대체 어떠한 수련을 하고 어느 정도의 역량이 되어야 이도를 자유롭게 쓸 수 있느냐는 유치한 질문까지 해 댔다.

무사시는 빨리 돌아가고 싶었지만 그들이 질문에 대한 만족한 대답을 듣지 못하면 돌려보내 줄 것 같지 않자 벽에 세워 놓은 두 자루의 철포를 바라보더니 잠시 빌릴 수 있겠느냐며 주인인 와타리시마에게 물었다. 주인의 허락을 받고 무사시는 두 자루의 철포를 들고 자리의 한가운데로 나왔다.

'어쩌려는 것일까?'

사람들은 이도에 대한 질문에 대해 두 자루의 철포로 어떻게 답할 것인지 궁금하게 여기면서 무사시를 지켜보았다. 무사시는 총신을 양손으로 잡더니 한쪽 무릎을 세우며 말했다.

"손은 좌우에 두 개이지만 몸은 하나이듯 두 자루의 칼도 한 자루의 칼이요, 한 자루의 칼도 두 자루의 칼과 같습니다. 모든 일에 두 개의 도리道理가 없듯이 궁극의 이치에 있어 유파는 서로 다를지라도 변치 않는 것이 있습니다. 그것을 보여 달라 하신다면……."

무사시는 두 손에 쥔 철포를 보여 주며 말했다.

"실례하겠습니다."

무사시는 갑자기 고함을 치며 두 자루의 철포를 휘두르기 시작하자 바람이 세차게 일기 시작했다. 두 자루의 철포를 든 무사시의 팔이 그리는 원은 마치 실 꾸러미를 감는 것처럼 보였다.

"……."

그 모습에 압도당한 사람들은 얼굴마저 하얗게 변해 버렸다. 이윽고 동작을 멈춘 무사시가 철포를 본래 있던 자리에 갖다 놓더니 때를 놓치지 않고 말했다.

"실례했습니다."

무사시는 미소만 지어 보이고 이도류에 대해서는 아무런 설명도 하지 않은 채 그대로 인사를 하고 돌아가 버렸다. 어안이 벙벙해진 사람들은 배웅을 하겠다는 말도 잊어버린 채 무사시가 문밖으로 나가도

따라 나가 전송을 하는 자가 없었다. 무사시가 문을 돌아보자 솔바람이 몰아치는 먹물처럼 검은 어둠 저편으로 비치는 객실의 불빛이 희미하게 깜박이고 있었다.

"……."

무사시는 안도의 한숨을 쉬었다. 적의 칼날에 둘러싸인 것처럼 저 문은 호랑이 굴이었다. 형체도 없고 저의도 알 수 없는 상대였던 만큼 무사시에게는 사전에 준비했던 방책도 없었던 것이다. 그렇지만 이미 사람들에게 자신이 무사시라는 사실이 알려졌고 또 사건이 벌어진 이상 이곳 오카자키에서도 더 이상 머물 수 없었다. 오늘 밤 안에라도 떠나는 것이 현명했다.

'마타하치와의 약속도 있고 어떻게 하면 좋을까?'

혼자 생각에 잠겨 솔바람이 부는 어둠 속을 걸어가던 무사시는 오카자키 마을의 불빛이 맞은편 길 너머로 얼핏 보일 무렵, 뜻밖에 자신을 기다리고 있던 마타하치가 자신이 무사한 모습을 보고 기뻐하며 외치는 소리를 들었다.

"무사시, 마타하치네. 걱정하며 기다리고 있었네."

"아니 어떻게 이곳에?"

의아하게 생각한 무사시가 네 갈래 길의 불당 마루에 걸터앉아 있는 사람을 발견했다. 무사시는 마타하치에게 자세한 이야기를 듣지도 않고 걸어가더니 그의 발아래에 머리를 조아렸다.

"선사님 아니십니까?"

구도는 무사시의 등을 잠시 내려다보더니 말했다.

"오랜만이네."

"오랜만에 뵙습니다."

무사시도 얼굴을 들고 똑같이 말했다.

하지만 그 지극히 짧은 말 속에는 만감이 깃들어 있었다. 무사시로서는 무위의 막다른 골목에 부딪힌 자신을 구원해 줄 사람은 다쿠안 아니면 구도 화상밖에 없다며 학수고대하고 있던 터였다. 무사시는 그런 구도 화상을 만나게 되자 마치 칠흑같이 캄캄한 밤에 달을 올려다보는 것처럼 그의 모습을 올려다보았다. 마타하치와 구도 화상은 무사시가 오늘 밤 무사하게 돌아올 수 있을지 불안해하고 있었다. 두 사람은 자칫 무사시가 와타리시마의 저택에서 불귀의 객이 되지 않을지 염려하면서 여기까지 마중을 온 참이었다.

저녁 무렵, 길이 서로 어긋나 무사시가 떠난 뒤에 찾아온 구도와 마타하치에게 옆집 아낙이 평소 무사시의 신변을 누군가가 엿보던 일과 오늘 무사들이 사자로 왔던 일을 자세히 이야기해 주었다. 마타하치는 무사시가 돌아올 때까지 기다릴 수도 없고 무슨 방법이 없을까 해서 와타리시마의 저택 부근까지 온 것이라고 말했다. 그 말을 들은 무사시는 마타하치의 마음에 깊이 감동을 받았다.

"그렇게 나를 걱정할 줄은 몰랐네. 미안하네."

무사시는 그렇게 말하고 여전히 구도 화상 앞에 무릎을 꿇은 채 꼼짝하지 않고 앉아 있었다. 그러고는 갑자기 무사시는 구도 화상의 눈을 똑바로 올려다보며 외쳤다.

"스님!"

"왜 그러는가?"

구도는 무사시의 눈이 자신에게 무엇을 구하고 있는지 어머니가 아들의 심중을 헤아리듯 이내 깨달았지만 다시 물었다.

"왜 그러는가?"

무사시는 풀썩 두 손을 땅에 짚으며 말했다.

"묘심사에서 참선을 하며 처음 뵙게 된 때부터 어느새 십 년이 다 되었습니다."

"벌써 그리 되었나."

"십 년이라는 세월을 걸어왔지만 몇 척의 땅을 걸어왔는지, 뒤를 돌아보면서 자신을 의심하며 걸어온 듯합니다."

"여전히 어린아이 같은 소리를 하는구나. 당연한 일이 아니더냐."

"참으로 답답할 뿐입니다."

"무엇이 말인가?"

"아무리 걸어가도 수행의 끝에 다다를 수 없는 것이……."

"수행이라는 말을 입에 달고 사는 동안에는 당연히 그럴 것이네."

"그렇다면 수행을 그만두면?"

"곧 본래대로 돌아갈 것이네. 그리고 분별없는 무지한 자보다도 더 어찌할 수 없는 인간쓰레기가 될 것이네."

"손을 놓으면 미끄러져 떨어지고 오르려 해도 오를 수 없는 절벽 한

가운데에서 저는 지금 몸부림치고 있습니다. 검은 물론이고 이 한 몸 역시……."

"바로 그것일세."

"스님! 스님을 뵐 날을 얼마나 간절히 기다리고 있었는지 모릅니다. 어찌하면 좋을지요? 어떻게 하면 지금의 번민과 무위에서 벗어날 수 있겠습니까?"

"그건 나도 모르네. 스스로의 힘으로 해결하는 수밖에."

"다시 한 번 저를 마타하치와 함께 슬하에 두시고 가르침을 주십시오. 그렇지 않으면 허무를 깨칠 수 있는 일갈을 내려 주십시오. 스님, 부탁드립니다."

무사시는 땅에 얼굴을 대고 외쳤다. 눈물만 흘리지 않을 뿐, 오열하고 있었다. 고뇌에 찬 비통한 외침이 구도의 귓가에 울려 퍼졌다. 하지만 구도의 감정은 조금도 동하지 않는 듯했다. 그는 말없이 불당의 마루에서 일어서서 한마디 하고 앞서서 걷기 시작했다.

"마타하치, 오너라."

"스님!"

무사시는 일어나서 구도의 옷자락을 부여잡으며 한마디 가르침을 구했다. 구도는 말없이 고개를 저어 보였다. 그래도 무사시가 잡은 손을 놓지 않자 이렇게 말했다.

"무일물無一物."

그러고는 주먹을 번쩍 치켜들더니 다시 말했다.

"무엇이 있으리. 준다 한들 다른 무엇을 더 보탤 수 있으리. 있는 것은 갈喝!"

정말 때릴 것 같은 표정이었다.

"……."

무사시는 옷자락을 놓고 무슨 말인가 하려고 했지만 구도는 터벅터벅 걸어갈 뿐 뒤도 돌아보지도 않았다.

"……."

무사시가 망연히 그 모습을 바라보고 있자 마타하치가 무사시를 위로하며 말했다.

"스님은 말을 많이 하는 건 싫어하시는 모양이네. 절에 오셨을 때도 내가 자네 이야기를 하고 내 생각을 말하며 제자로 삼아 달라고 부탁하였더니 잘 듣지도 않으시고 '그러한가, 그럼 당분간 내 짚신 끈이라도 매도록 해라' 하고 말씀하셨네. 그러니 자네도 장광설을 늘어놓지 말고 잠자코 뒤를 따라오게. 그러다 기분이 좋아지시면 그때 무엇이든 물어보면 될 게 아닌가."

저편에서 구도가 발길을 멈추고 마타하치를 부르자 마타하치는 큰 소리로 대답하면서 말했다.

"알겠나? 그렇게 하게."

마타하치는 그렇게 말하고 황망히 구도의 뒤를 쫓아갔다. 구도는 마타하치가 마음에 든 듯했다. 무사시는 구도가 제자로 받아들인 마타하치가 너무나 부러웠다. 그리고 그와 같은 단순함과 솔직함이 없는 자신을 되돌아보았다.

"그래, 설령 무슨 말씀을 하시더라도."

무사시는 그렇게 결심했다. 화를 내며 높이 쳐든 그 주먹에 흠씬 두들겨 맞는 한이 있더라도 이때 가르침을 얻지 못하면 언제 다시 만날 날을 기약할 수 있을까 싶었다. 몇 만 년인지도 모르는 유구한 천지의 흐름 속에 육칠십에 불과한 인생은 마치 번개와 같이 너무나 짧은 시간에 지나지 않았다. 그 짧은 일생 동안 만나기 어려운 사람을 만나는 일만큼 더 고귀한 것은 없었다.

"그런 고귀한 인연을."

무사시는 두 눈 가득 뜨거운 눈물을 머금고 멀어져 가는 구도 화상의 모습을 응시하다가 이런 기연을 놓칠 수 없다고 생각했다.

'어디든지! 가르침을 얻기까지는!'

무사시는 구도가 걸어간 방향으로 급히 뒤를 쫓아갔다. 그것을 아는지 모르는지, 구도는 팔첩사 방향으로는 가지 않았다. 아마도 그는 다시 팔첩사로 돌아갈 마음은 없는 듯 도카이도東海道로 나가 교토를 향해 가고 있었다. 구도가 싸구려 여인숙에 머물면 무사시는 그 처마 밑에서 잠을 잤다. 무사시는 아침에 마타하치가 스승의 짚신 끈을 매고 함께 떠나는 모습을 보면서 기쁜 마음이 들었다.

구도는 무사시의 모습을 보고도 아무런 말도 하지 않았다. 그래도 무사시는 단념하지 않았다. 오히려 구도의 눈에 띄지 않게 멀리 떨어져서 뒤따라갔다. 그날 이후 오카자키에 남겨 두고 온 초막과 책상과 대나무 가지 하나, 그리고 옆집 아낙이나 동네 처녀들의 눈길, 번의 사람들의 원한 같은 것들은 완전히 잊어버리고 있었다.

원

길은 점점 교토에 가까워졌다. 아마도 구도는 교토를 향해 가고 있는 듯했다. 화원묘심사花園妙心寺는 총본산이기도 했다. 하지만 교토에 언제 들어갈 것인지는 구도의 기분에 달려 있었다. 비가 내려 여인숙에서 머물던 날, 무사시가 살그머니 안을 들여다보니 마타하치는 구도에게 뜸을 뜨고 있었다.

미노美濃까지 왔다. 그곳의 대선사大仙寺에서는 일주일이나 머물렀고 히코네彦根의 선사禪寺에서도 며칠을 묵었다. 구도가 여인숙에 묵으면 근처 여인숙에, 절에 묵으면 절의 산문에서, 무사시는 어디서고 잠을 잤다. 그리고 오직 그에게서 가르침을 받을 기회를 기다렸다. 아니, 가르침을 구하기 위해 온 것이었다.

호반에 있는 절의 산문에서 잠을 자던 밤, 무사시는 어느새 가을이 왔음을 깨달았다. 자신의 모습을 돌아보니 마치 걸인과 같았다. 덥수

룩하게 자란 머리도 구도의 마음이 풀리기까지는 빗질도 하지 않으려고 마음먹고 있었고 목욕도 하지 않고 수염도 깎지 않았다. 비바람을 맞은 옷은 누더기로 변해 있었고 가슴과 팔은 거칠어져서 마치 소나무 껍질을 만지는 느낌이 들었다. 바람이 불면 금방이라도 떨어질 듯한 별들과 가을 소리가 천지에 가득했다. 한 장의 거적을 이불 삼아 누워 있던 무사시는 문득 자신의 광적인 마음을 비웃었다.

'이 무슨 어리석은 짓인가! 대체 무엇을 깨닫고자 하는 것인가? 스님에게 무엇을 원하는 것인가? 이렇게까지 구하지 않으면 인간은 살아갈 수 없는 것인가?'

서글픈 생각이 들었다. 어리석은 자신의 몸에 살고 있는 이조차도 불쌍히 여겨졌다. 선사는 가르침을 구하는 자신에게 분명히 말했었다, '무일물'이라고. 그에게 없는 것을 강제로 구하는 것은 무리였다. 아무리 뒤를 쫓아가도 선사가 자신을 길가의 개를 보듯 돌아보지 않는다고 원망할 수도 없었다.

"……."

무사시는 머리카락 사이로 달을 올려다보았다. 산문 위에는 어느덧 둥근 가을 달이 떠 있었다.

아직 모기가 있었다. 그의 피부는 이젠 모기가 물어도 아무것도 느끼지 못했다. 그러나 모기에게 물린 자리는 빨갛게 변해 어느덧 수없이 작은 종기처럼 변해 있었다.

"아, 알 수가 없구나."

오직 하나, 무엇인지 모르는 것이 있었다. 그것만 풀 수 있다면 딱딱하게 굳어 있는 검과 다른 모든 것도 풀릴 것 같은데 도무지 풀리지 않았다.

만일 자신의 도업道業이 여기서 끝난다면 차라리 죽어 버리는 편이 낫다고 생각했다. 지금까지 살아온 보람을 찾을 수 없었다. 잠을 자도 잘 수가 없었다. 그럼, 대체 그 알 수 없는 것이란 무엇일까? 검의 수행뿐만이 아니었다. 처세의 방법인가 하면 결코 그것도 아니었다. 오츠의 문제도 아니었다. 사내가 어찌 사랑 하나로 이렇게까지 말라갈 수 있을 것인가. 그 모든 것을 품은 거대한 문제였지만 그 역시 원대한 천지의 눈으로 본다면 모래 한 알의 작은 일일지도 몰랐다.

무사시는 몸에 거적을 말고 도롱이벌레처럼 돌 위에 누워 있었다.

'마타하치는 자고 있을까?'

무사시는 고뇌에 번민하지 않는 마타하치와 괴로워하기 위해 고뇌를 쫓아다니고 있는 것 같은 자신을 비교하며 문득 부러운 생각이 들었다.

"……?"

잠시 후, 무사시는 무엇을 보았는지 벌떡 일어나서 달빛에 비친 산문의 기둥에 두 줄로 길게 쓰여 있는 글귀를 뚫어지게 바라보았다.

그대에게 바라노니 그 근본을 다하라. 백운白雲은 백 척의 대공大功을 느끼고 호구虎丘는 백운의 유훈遺訓을 한탄하네. 선규先規는 본시 이와 같으니 자칫 잎사귀를 따서 가지에 대해 묻는 잘못을 범하지 말라.

"……."

문구는 교토의 대덕사를 창건한 다이토 국사大燈國師[6]의 유훈집 속에 있던 말인 듯싶었다.

"자칫 잎사귀를 따서 가지에 대해 묻는 잘못을 범하지 말라."

무사시는 이 부분을 몇 번이고 되풀이해서 되뇌었다.

'지엽枝葉, 그렇다! 나뭇잎이나 가지 끝에 무성한 번뇌를 매달고 괴로워하는 인간이 얼마나 많은가! 나 역시…….'

무사시는 그렇게 생각하자 갑자기 몸이 가벼워지는 듯했다.

'어찌하여 나는 손에 들고 있는 검과 하나가 되지 못하는가? 왜 다른 곳을 바라보는 것인가? 왜 마음을 비우지 못하는 것인가? 무얼 그리 좌고우면左顧右眄하는가? 오직 한 길을 걸어감에 있어 부질없는 일에 어찌 그리 한눈을 판단 말인가?'

하지만 그 한 길이 막다른 곳에 부딪혔기 때문에 좌고우면이 생기는 것이었다. 잎을 따서 가지에 대해 묻는 어리석은 초조함으로 인해 고뇌하고 있는 것이었다.

자조십년행각사自笑十年行脚事

수등파립구선비瘦藤破笠扣禪扉

---

6 가마쿠라 시대 말기, 임제종臨濟宗의 승려.

원래불법무다자元来仏法無多子

끽다끽반우착의喫茶喫飯又着衣

무사시는 구도 화상이 스스로를 비웃으며 지었다는 게송偈頌을 떠올렸다. 지금의 그는 그 무렵의 구도와 같은 나이였다. 구도의 이름을 흠모하여 처음 묘심사에 찾아갔을 때, 구도는 갑자기 발로 걷어찰 듯 무섭게 대갈하며 내쫓았다.

"너는 애초에 무슨 생각으로 구도 문하의 객이 되고자 하느냐?"

그 후 구도의 마음에 드는 점이 있었는지 머무는 것을 허락받았는데 어느 날, 구도가 바로 이 게송을 보여 주었다.

"수행이라는 말을 입에 달고 사는 동안에는 글렀네."

그러고는 구도는 껄껄 웃으며 '자조십년행각서自笑十年行脚事'라며 이미 십 년 전에 자신에게 그것을 가르쳐 주었다. 그 후 십 년이 지났지만 지금도 길을 헤매고 있는 자신을 보며 구제하기 어려운 어리석은 자라고 진저리를 치고 있음이 분명했다.

무사시는 멍하니 서 있다가 잠도 자지 않고 산문 주위를 계속해서 돌았다. 그러자 한밤중에 절에서 급히 나가는 사람이 있었다. 산문을 나갈 때 얼핏 보니 마타하치와 구도였다. 평소와는 다른 매우 서두르는 걸음이었다. 본산에 무슨 급한 일이라도 생겨서 교토로 떠나는 것인지 절의 사람들의 전송도 없이 세다瀬田 다리로 곧장 가고 있었다.

'놓치면 안 된다.'

무사시는 달빛 아래 흰 그림자의 뒤를 하염없이 따라갔다. 집들은 모두 깊은 잠에 빠져 있었다. 낮에 본 민속화인 오쓰에大津絵를 파는 가게와 혼잡한 여인숙과 약방도 모두 문이 닫혀 있었고 사람이 없는 한밤중의 거리에는 그저 시리도록 흰 달빛만 가득했다. 오쓰도 순식간에 지나고 오르막길이 이어졌다. 삼정사三井寺와 세희사世喜寺가 있는 산을 밤안개가 은밀하게 감싸고 있었다. 길에는 사람이 드물었다. 아니 거의 없었다. 이윽고 고갯마루 위로 올라왔다.

"……."

앞서 가던 구도는 멈춰 서서 마타하치에게 무슨 말을 하더니 달을 바라보며 한숨을 돌리고 있는 듯했다.

교토가 눈 아래로 내려다보였고 뒤를 돌아보면 비와琵琶 호수가 한눈에 들어왔는데 달 이외에는 모든 것이 한 가지 색으로 물들어 있었다. 운모 빛으로 빛나는 밤안개의 바다였다.

무사시는 한 걸음 늦게 고갯마루에 올라왔다. 걸음을 멈추고 있던 구도와 마타하치의 모습이 바로 보였다. 두 사람이 자신을 바라보자 무사시는 공연히 가슴이 철렁했다. 구도는 말이 없었다. 무사시 역시 아무 말도 하지 않았다. 그러나 그렇게 서로 눈길이 마주친 것은 실로 십여 일만이었다. 무사시는 순간 생각했다.

'지금이다.'

교토가 바로 눈앞이었다. 묘심사의 선방 깊숙이 숨어 버리면 또 다시 몇십 일을 기다려야 그를 만날 수 있을지 알 수가 없었다.

"스님!"

무사시는 마침내 소리쳤다. 그러나 너무나 간절한 마음 때문인지 가슴이 먹먹하고 목이 메었다. 흡사 아이가 부모에게 하기 어려운 말을 꺼낼 때처럼 두려움에 겨워 머뭇거리며 앞으로 걸어가려 했지만 발이 말을 듣지 않는 듯했다.

"……."

구도 선사는 아무 말도 하지 않았다. 마치 마른 옻칠로 칠한 듯한 구도의 얼굴에서 하얀 눈만이 나무라듯 날카롭게 무사시의 그림자를 응시할 뿐이었다.

"스님!"

무사시는 이미 앞뒤를 가리지 않았다. 제 몸을 사르며 활활 타오르는 불덩어리처럼 무작정 구도의 발밑으로 달려갔다.

"한 말씀, 한 말씀만!"

무사시는 이렇게 외치고 땅바닥에 얼굴을 파묻은 채 기다리고 있었지만 구도는 언제까지나 아무 말도 하지 않았다. 기다리다 못한 무사시가 오늘 밤에는 기필코 가슴속 의심을 규명하리라 생각하고 입을 열려는 순간이었다.

"듣고 있다."

구도가 비로소 입을 열었다.

"매일 밤 마타하치에게 들어 다 알고 있다. 오츠의 일도."

무사시는 구도의 마지막 말에 찬물을 뒤집어쓴 것처럼 얼굴도 들지 못했다.

"마타하치, 막대기를 이리 다오."

구도는 이렇게 말하고 마타하치가 건네는 막대기를 받았다. 무사시는 머리 위에 떨어질 삼십봉三十棒을 각오하고 눈을 감고 있었지만 막대기는 머리를 향해 떨어지지 않고 무사시가 앉아 있는 둘레를 한 바퀴 돌았다. 구도가 막대기 끝으로 땅에 커다란 원을 그렸던 것이다. 그 원 한가운데에 무사시가 있었다.

"가자."

구도는 막대기를 버리며 이렇게 말하고는 마타하치를 재촉해서 떠났다. 무사시는 다시 홀로 남겨졌다. 오카자키에서와는 달리 무사시도 이제 울분이 치솟았다. 수십 일 동안 참담한 고행을 기꺼이 감내하며 가르침을 구하는 사람에게 너무도 자비가 없는 듯했다. 무정하고 가혹하기 이를 데가 없었다. 사람을 희롱하는 듯한 마음까지 들었다.

"못돼 처먹은 중놈!"

구도가 사라진 쪽을 바라보며 무사시는 입술을 깨물었다.

'언젠가 무일물이라고 말한 것은 아무것도 들어 있지 않고 텅텅 빈 머릿속에 자못 대단한 것이라도 들어 있는 것처럼 보이려는 사이비 땡추의 말임에 틀림없다.'

다시는 부탁하지 않겠다고 생각했다.

"어디 두고 봐라!"

세상에서 믿을 만한 스승이었다고 생각한 것이 잘못이었다는 분한 마음도 들었다. '자신의 힘으로 해결하는 방법 외에 다른 길은 없다, 그도 사람이고 자신도 사람이며 수많은 선현들도 모두 사람이다, 이젠 아무에게도 의지하지 않겠다' 하고 생각했다. 무사시는 분노가 치밀어 오르는 듯 벌떡 일어섰다.

"……."

달 저편을 노려보던 무사시는 분노로 타오르던 눈빛이 잦아들자 자신의 발밑을 바라보았다.

"응?"

무사시는 그 자리에 선 채로 한 바퀴 몸을 돌렸다. 둥근 원 한가운데 서 있었다. 아까 구도가 막대기를 달라고 했던 말이 생각났다. 그는 막대기의 끝을 땅에 대고 자신의 주위를 돌았었다.

"이 둥근 선을 그렸던 것이구나."

무사시는 처음으로 그것을 깨달았다.

"무슨 원이지?"

무사시는 자리에서 꼼짝하지 않고 생각에 잠겼다. 원, 둥근 원이었다. 아무리 보고 있어도 둥근 선은 그저 둥글 뿐이었다. 끝도 없고 굴절도 없고 궁극도 없는, 아무런 망설임도 없이 둥글 뿐이었다. 그 원을 넓게 펼치면 그대로 천지였고 줄이면 그곳에 자신의 한 점이 있었다. 자신도 원, 천지도 원, 서로 다른 원이 아닌 하나의 원이었다.

"아!"

무사시는 오른손으로 칼 하나를 뽑아 들고 원 안에 서서 응시했다. 그림자는 '재才' 자와 같은 형상으로 땅에 비쳤지만 천지의 원은 그 형태를 엄연히 유지하고 있었다. 두 개의 다른 존재가 아닌 이상, 자신의 몸도 같은 이치였다. 단지 그림자만이 다른 형태로 비치고 있었다.

"그림자다!"

무사시는 그렇게 보았다. 그림자는 자신의 실체가 아니었다. 막다른 길이라고 느끼고 있는 도업의 벽도 역시 그림자였다. 막다른 길에 부딪혔다고 망설이는 마음의 그림자였다.

"에잇!"

칼로 하늘을 벴다. 왼손으로 단검을 빼서 휘두른 그림자의 형태는 모습이 변했지만 천지의 형태는 변하지 않았다. 이도二刀와 일도一刀, 그리고 원이었다.

"아아……."

눈이 떠진 듯했다. 하늘을 올려다보자 달이 있었다. 거대하고 둥근 월륜月輪이 검의 모습이자 세상을 살아가는 마음의 형체인 것처럼 보였다.

"아아, 스님!"

느닷없이 무사시는 질풍처럼 내달려 구도의 뒤를 쫓았다. 하지만 이제 그에게 구할 마음은 없었다. 그저 한순간이나마 원망한 것을 사죄하고 싶었다. 그러나 마음을 고쳐먹었다.

"그 역시 지엽일 뿐……."

무사시가 게아게蹴上 부근에서 멍하니 서 있는 동안, 교토의 지붕들과 가모加茂 강의 강물이 안개 너머에서 희뿌옇게 밝아오기 시작했다.

유모의 마을

무사시와 마타하치가 오카자키를 떠나 교토로 들어간 초가을 무렵, 이오리는 나가오카 사도와 함께 배편으로 부젠으로 향했고 사사키 고지로 역시 같은 배를 타고 고쿠라의 번으로 가고 있었다. 오스기는 작년에 고지로가 에도에서 고쿠라로 갈 때 도중까지 같이 가다가 집안일과 제사 문제로 잠시 미마사카의 고향으로 돌아갔다. 다쿠안도 근래에는 에도를 떠나 고향인 다지마에 있다는 소문이 들려왔다.

가을 무렵, 이렇게 다른 사람들의 행적과 소재는 알 수 있었지만 조타로의 소식은 알 수 없었다. 나라이의 다이조가 도망친 이후로 조타로의 소식은 완전히 끊기고 말았던 것이다. 그리고 또 한 사람, 아케미 역시 어떻게 됐는지 전혀 소식을 알 수 없었다. 그리고 당장 살았는지 죽었는지 가장 염려스러웠던 사람은 구도 산으로 끌려간 무소 곤노스케였는데 그 문제는 이오리가 나가오카 사도에게 사정을 이야기한다면 사도가 손을 써서 어떻게든 구할 수 있을 것이었다. 하지만 사도가 손을 쓰기 전에 '간토의 첩자'라는 의심을 받고 구도 산 사람들에게 살해당했다면 방법이 없는 일이었지만, 현명한 유키무라 부자의 눈에 띄었다면 그런 혐의는 당장에 풀렸을 것이고, 이미 자유의 몸이 되어 오히려 이오리의 신변을 걱정하며 찾고 있을지도 모를 일이었다.

오히려 다른 한 사람, 신변은 무사하지만 슬픈 운명을 타고난 사람이 있었다. 바로 오츠였다. 야규 성을 떠난 후, 짝을 잃은 원앙처럼 홀몸으로 사람들의 시선을 받으며 떠돌던 오츠는 대체 어디에서 무사시와 같은 달을 보고 있을까?

"오츠 있는가?"

"예, 누구신지요?"

"만베네."

만베가 굴껍질이 하얗게 붙어 있는 섶나무 울타리 너머에서 얼굴을 내밀었다.

"어머, 삼베집 아저씨 아니세요?"

"항상 부지런하구만. 일하고 있는 데 방해해서 미안하지만 잠시 할 얘기가 있어서……."

"그 문을 열고 이리 들어오세요."

오츠는 쪽빛으로 물든 손으로 머리에 쓰고 있던 수건을 벗었다.

이곳은 시카마가와志賀磨川 강물이 바다로 흘러드는 반슈播州의 시카마飾磨 포구였는데 강 하구가 세모꼴로 이루어진 어촌이었다. 오츠가 지금 있는 곳은 어부의 집이 아니었다. 주위의 소나무 가지나 바지랑대에 걸려 있는 쪽빛으로 물들인 천을 보면 알 수 있듯, 시카마 염색이라고 알려진 감색 염색을 업으로 하고 있는 작은 염색집이었다. 이런 작은 염색집이 바닷가 부락에 몇 채나 더 있었다. 이들은 여러 번 염료에 담갔던 쪽빛 천을 절구통에 넣어 절굿공이로 찧었다. 그래서 이곳의 감색 염색은 실이 해질 때까지 입어도 색이 바래지 않아서 많은 곳에서 찾았다.

절구를 손에 들고 절구통에 넣은 감색 천을 찧는 건 젊은 처녀들의 일이었는데, 그녀들이 부르는 노랫소리는 바닷가 어디에서도 들을 수 있었다. 마을 사람들은 마음에 담아 놓은 뱃사람이 있는 처녀의 노랫소리는 그 목소리만 들어도 알 수 있다고 했다.

그러나 오츠는 노래를 부르지 않았다. 그녀가 이곳에 온 것은 여름 무렵이었는데 절구를 찧는 일이 아직 익숙하지 않았다. 지금 생각하면 지난여름, 무더운 한낮에 한눈도 팔지 않고 센슈의 사카이에 있는 고바야시 다로자에몬小林太郎左衛門의 상점 앞을 지나 항구 쪽으로 걸어가던 여인이 있었는데, 당시 이오리가 얼핏 본 그 여인이 바로 오츠였을지도 몰랐다. 그것은 바로 그 무렵, 오츠가 사카이의 항구에서 아카마가세키赤間ヶ関로 가는 배편에 탔고 그 배가 시카마에 정박했을 때 내렸기 때문이었다.

그녀가 타고 온 배가 다로자에몬의 배였음이 틀림없었다. 그 후에 날짜만 다를 뿐 사카이 항구를 떠난 다로자에몬의 배에는 호소가와가의 무사들이 타고 있었고 그 뱃길을 나가오카 사도와 이오리, 그리고 사사키 고지로도 지나갔다. 배들은 늘 시카마의 포구에 들렀기 때문에 이오리와 마주칠 수도 있었을 것이다. 하지만 만나지 못한 것이 어쩌면 당연한 일인지도 몰랐다. 배에 호소가와가의 가신들이 타고 있었기 때문에 선실이나 선수에 있는 자리에는 휘장이 쳐져 있어서 상인이나 농부, 승려, 예인과 같은 평민들은 모두 배의 밑바닥으로 내몰려 엿볼 수도 없었다. 또 시카마에 정박했을 때 오츠가 배에서 내린 것도 날이 새기 전의 어두운 때였으니 이오리가 그것을 알 리도 없었다.

시카마는 유모乳母의 마을이었다. 오츠가 이곳에 온 것으로 미루어 보건데, 지난 봄에 야규를 떠나 에도로 갔을 때는 이미 무사시와 다쿠안이 떠난 뒤였다. 그녀는 야규가와 호조가를 찾아가서 무사시의 소식을 듣고 그를 찾아다니다 이곳까지 오게 된 듯했다.

이곳은 히메지 성에서 가깝기도 했고 동시에 그녀가 자란 고향인 미마사카의 요시노고에서도 그다지 멀지 않았다. 칠보사에서 자랄 무렵, 그녀를 키운 유모는 이 시카마의 염색집 아낙이었다. 그것을 떠올리고 이곳에 와서 몸을 의탁했지만 고향에서 가까운 곳이어서 바깥으로 나다니지는 않았다.

유모는 이미 쉰에 가까운 나이였지만 자식이 없었다. 게다가 가난했기 때문에 오츠는 아무것도 하지 않는 것이 마음에 걸려 절구 찧는 일을 돕고 있었다. 그녀는 이곳에서 멀지 않은 주고쿠 가도에서 들리는 소문에 혹시 무사시의 소식이라도 들을 수 있을까 하고 고대했다. 그녀는 가을 햇살 아래 염색집 마당에서 노래도 부르지 않고 '만나지 못하는 사랑'을 가슴속에 담아 두고 매일 절구질을 하고 있었다.

그런 오츠에게 근처에 사는 삼베집 주인인 만베가 찾아왔다.

'무슨 일일까?'

오츠는 쪽빛으로 물든 손을 강물에 씻는 김에 땀이 송골송골 맺힌 아름다운 이마도 닦았다.

"공교롭게도 작은어머니가 집을 비우셨네요. 우선 여기 앉으세요."

안채 마루 쪽에 앉기를 권하자 만베는 손을 저으며 선 채로 이야기를 했다.

"아니네. 나도 바쁘니 오래 있을 순 없네. 자네 고향이 사쿠슈의 요시노고라고 하던데?"

"예."

"나는 오랫동안 다케야마竹山 성의 아랫마을인 미야모토 촌에서 시모노쇼下之庄 근처에 자주 삼베를 사러 가는데, 얼마 전 그곳에서 우연히 소문을 들었네."

"소문요? 누구의 소문요?"

"자네 소문일세."

"예?"

"그리고……."

만베는 싱글싱글 웃으며 말했다.

"미야모토 촌의 무사시라고 하는 젊은이 이야기도……."

"무사시 님 소문을요?"

"안색이 변하는구만. 하하하."

가을 햇살이 만베의 얼굴에서 번질번질 빛나고 있었다. 만베는 더운지 접은 수건을 정수리에 올리며 땅에 쪼그리고 앉았다.

"오긴 님을 알고 있지?"

오츠도 쪽빛으로 물든 천을 담아 둔 나무통 옆에 쪼그리고 앉아서 물었다.

"오긴 님이라면 무사시 님의 누님 되시는 분 말씀인가요?"

"그렇지."

만베는 크게 고개를 끄덕였다.

"그 오긴 님을 사요佐用의 미카즈키三日月 촌에서 만났을 때 자네 얘기를 했더니 깜짝 놀라시더구먼."

"제가 이 집에 있다고 말씀하셨나요?"

"그렇네. 뭐 나쁜 일도 아니지 않나? 일전에 이 댁 아주머니도 부탁을 했고, 만약 미야모토 촌 근처에 갔다가 무사시 님의 소문을 듣거든 무엇이든 좋으니 알려 달라고 말일세. 그래서 길가였지만 마침 잘 만났다고 생각해서 내가 말을 걸었네."

"오긴 님은 지금 어디에 계신가요?"

"히라타平田 뭐라고 하던데, 이름은 잊었지만 미카즈키 촌의 향사 집에 있다고 하더군."

"친척집인가요?"

"아마 그럴 거네. 하여간 오긴 님이 말씀하길, 할 얘기도 태산이고 은밀히 알려 줄 일도 있지만 무엇보다 꼭 만나고 싶다며 길가인 것도 잊고 눈물까지 글썽거렸네."

오츠도 문득 눈시울이 붉어졌다. 사랑하는 사람의 누이 이야기를 듣기만 해도 그리운 법인데 고향에 있을 때의 추억들까지 가슴에 복받쳐 올라온 듯했다.

"길 위여서 편지를 쓸 수도 없으니 가까운 시일 안에 꼭 미카즈키 촌의 히라타 댁으로 찾아와 달라며 자신이 오고 싶은 마음은 간절하지만 그럴 수 없는 사정이 있다고 말씀하셨네."

"그럼 저보고?"

"그렇네. 자세히 얘기하진 않았지만 무사시 님한테 가끔씩 편지가 온다더군."

오츠는 이야기를 듣고 당장이라도 가야겠다고 마음속으로 작정을 했지만 몸을 의탁하고 있는 유모가 자신을 걱정해 주고 의논 상대도 되어 주는데 한 마디 말도 없이 나설 수는 없었다.

"갈지 못 갈지 저녁때까지 답을 드리러 찾아뵐게요."

만베는 꼭 가서 만나라고 하며 내일은 자신도 사요에 갈 일이 있으니 마침 잘됐다고 했다.

가을 한낮, 섶나무 울타리 밖에서 나른한 파도 소리가 끊임없이 들려오고 있었다. 그런데 아까부터 바다를 앞에 둔 울타리를 등진 채 무릎을 끌어안고 우두커니 생각에 잠겨 있는 젊은 무사가 있었다. 그 무사는 늠름한 복장이었는데 열여덟이나 열아홉 쯤, 아직 스무 살을 넘긴 것 같지는 않았다. 여기서 불과 일 리 반밖에 떨어져 있지 않는 히메지 사람인 듯, 이케다池田가의 가신의 자제인 것이 틀림없는 듯했다. 낚시라도 온 게 아닌가 했지만 고기 바구니나 장대를 들고 있지 않았다. 아까부터 염색집 울타리에 등을 기대고 모래가 많은 언덕 위에 앉아 때때로 모래를 움켜쥐며 놀고 있었는데 그걸로 봐서는 아직 어린 듯싶기도 했다.

"오츠, 그럼……."

울타리 너머에서 만베의 목소리가 들렸다.

"저녁때까지 답을 주게. 갈 거면 난 아침 일찍 떠날 거네."

철썩철썩, 모래사장에 울리는 파도 소리 외에는 아무 소리도 들리지 않는 한낮이어서 만베의 목소리가 더 크게 들렸다.

"예, 저녁때까진. 고맙습니다."

낮은 오츠의 목소리도 크게 들리는 듯했다.

사립문을 열고 만베가 나가자 그때까지 울타리 뒤에 앉아 있던 젊은 무사가 벌떡 몸을 일으키더니 만베의 뒷모습을 날카로운 눈초리로 바라보고 있었다. 하지만 얼굴이 은행잎 모양의 삿갓으로 가려져 있어 얼굴에 어떤 감정을 띠고 있는지 옆에서 봐서는 알 수가 없었다.

그런데 만베의 모습이 시야에서 사라지자 이번에는 울타리 안을 엿보기 시작했다.

"……."

쿵쿵, 절구를 찧는 소리가 다시 들려왔다. 오츠는 아무것도 모르는 듯 만베가 돌아가자 다시 절구 속에 넣은 감색 천을 찧고 있었다. 다른 염색집 마당에서 똑같은 절구 소리와 처녀의 노랫소리가 한가로이 들려왔다. 오츠의 절굿공이에는 전보다 힘이 더 들어가 있었다.

내 사랑은
사랑에 물들어 더욱 빛나네.
시카마의 천처럼
고운 색은 아닐지라도.

노래를 부르지 않는 오츠도 가슴속으로 이런 노래를 뇌까리고 있었다. 편지를 보내곤 한다니 오긴을 만나면 그리운 사람의 소식을 분명 알 수 있을 것이었다. 여자의 마음은 여자만이 알 수 있으니 오긴에게는 자신의 심정을 털어놓을 수 있을 것이었다.

'오긴 님은 분명 날 동생으로 생각하고 내 얘기를 들어 줄 거야.'

오츠의 마음은 벌써 다른 곳에 가 있는 듯했다. 실로 오랜만에 마음이 밝아졌다. 늘 한없이 슬픈 파도 소리만 들리는 바다까지 오늘은 찬란하게 빛을 발하며 희망을 노래하고 있는 듯 여겨졌다. 오츠는 절구질을 끝낸 천을 높은 장대 위에 널고는 외로운 마음을 달래면서 아무 생각 없이 만베가 활짝 열고 간 사립문으로 나가 바닷가를 바라보았다. 그런데 파도가 치는 물가 저편에 갓을 쓴 사람이 옆에서 불어오는 바닷바람을 맞으며 한가로이 걸어가고 있었다.

"응?"

오츠는 아무 생각 없이 그 사람을 바라보고 있었다. 달리 눈길을 줄 새 한 마리도 보이지 않는 바다였다.

유모와 의논을 한 후에 만베와 약속을 정한 듯한 다음 날 새벽이었다.

"그럼 번거로우시더라도 부탁드립니다."

오츠는 삼베집으로 만베를 찾아가 함께 시카마의 어촌을 떠났다. 시카마에서 사요의 미카즈키 촌까지 가는 데 여자의 몸으로도 하룻밤 묵으면 느긋하게 닿을 수 있었다. 두 사람은 멀리 북쪽의 히메지 성을 바라다보며 다쓰노龍野 가도로 접어들었다.

"오츠."

"예."

"걷는 덴 이골이 난 모양이구만."

"예, 여행에 익숙하니까요."

"에도까지 찾아갔다면서? 여자 혼자 몸으로 참 용하네."

"그런 얘기까지 작은어머니가 말씀하셨어요?"

"다 들었네. 미야모토 촌 사람들도 모두 알고 있고."

“부끄럽습니다.”

“부끄러울 게 뭐가 있나? 좋아하는 사람을 그렇게까지 따르는 그 마음이 갸륵하지. 허나 자네에게 이리 말하긴 뭐하지만 무사시 님도 박정하구만.”

“그렇지 않습니다.”

“원망스럽지 않은가?”

“그분은 오직 수행에만 열중하고 계세요. 그런데도 단념하지 못하는 제가 오히려…….”

“나쁘다는 겐가?”

“죄송한 마음뿐이에요.”

“흐음……. 내 마누라한테도 들려주고 싶군. 여자는 그래야 한다는 걸.”

“오긴 님은 아직 시집을 가지 않고 친척 집에 계시는 건가요?”

“글쎄, 잘 모르겠는걸.”

만베가 앞을 바라보며 말했다.

“저기 주막이 있군. 좀 쉬었다 가세.”

두 사람이 주막에 들어가 차를 마시고 도시락을 먹고 있는데 지나가던 마부와 짐꾼 들이 흉물 없이 말을 걸어 왔다.

“어이, 시카마의 만베. 오늘은 한다半田의 노름판에는 들리지 않는가? 이전에는 삼베 만베에게 돈을 모두 잃었다고 다들 분해 하고 있는데 말이네.”

"오늘은 말은 필요 없네."

만베는 그들의 앞뒤가 맞지 않는 말을 물리치고 급히 서두르며 오츠에게 말했다.

"오츠, 어서 가세."

두 사람이 주막을 나오자 마부들이 뒤에서 말했다.

"인정머리가 없는 줄 알았더니 오늘은 예쁘장한 여자와 어디 가는가?"

"마누라한테 이를 걸세."

"하하하, 대답도 하지 않는구만."

만베의 삼베 가게는 작았지만 근처 마을에서 삼베를 사 모아서 그것을 어부의 딸이나 아내들에게 일거리로 준 다음, 돛대 줄이나 밧줄로 만들어서 파는 어엿한 상인이라고 할 수 있었다. 그런 그를 보고도 길가의 짐꾼들이 마치 친구처럼 서슴없이 말을 거는 것이 어딘지 이상했다. 만베도 마음이 쓰였는지 한동안 걸어가다 오츠가 들으라는 듯 중얼거렸다.

"버르장머리 없는 녀석들. 늘 짐꾼으로 써 주니 저리 흉물 없이 농담을 하며 사람을 놀리는군."

그러나 그 마부들보다 더 주의해야 할 사람이, 방금 머물렀던 주막 근처에서부터 뒤따라오고 있는 것을 만베는 까맣게 모르고 있었다. 바로 어제 바닷가에 있던 삿갓을 쓴 젊은 무사였다.

풍문

지난밤 다쓰노에서 묵은 두 사람이 사요의 미카즈키 촌에 도착한 것은 산의 여울에 뉘엿뉘엿 해가 지는 가을 저녁 무렵이었다. 고단한지 말없이 앞서 걸어가는 만베를 오츠가 불렀다.

"아저씨, 여기가 미카즈키 촌 아니에요? 저 산을 넘으면 사누모의 미야모토인데."

오츠가 뒤에서 이렇게 말하자 만베는 걸음을 멈추고 말했다.

"미야모토 촌과 칠보사도 바로 저 산 너머지. 그립지 않은가?"

"……."

오츠는 해가 지는 하늘가에 거무스름하게 뻗어져 나간 산들을 바라보며 대답하지 않았다. 그곳에 있어야 할 사람이 없는 산하는 너무도 쓸쓸하고 아무 의미 없는 자연에 지나지 않았다.

"얼마 안 남았네. 피곤하겠지만 힘을 내게."

만베가 다시 걷기 시작하자 오츠도 뒤따라 걸으며 말했다.

"저는 괜찮아요. 아저씨가 오히려 피곤하시겠어요."

"뭘, 나야 늘 일 때문에 다니는 길인걸."

"오긴 님이 계신다는 향사 댁은 어디쯤 되나요?"

"저기."

만베는 손을 들어 가리키며 걸음을 재촉했다.

"오긴 님도 분명 기다리고 있을 것이네. 이제 다 왔네."

만베를 따라 산의 여울에 이르자 여기저기 집들이 보였다. 이곳은 다쓰노 가도의 주막거리여서 마을이라고 할 만큼 집들이 많지 않았지만 밥집이나 마부들이 묵는 싸구려 여인숙 등의 집들이 길 양쪽에 늘어서 있었다. 만베는 그곳을 그냥 지나쳐서 산을 향해 난 돌층계를 오르기 시작했다.

"좀 오르막길이네."

삼나무에 둘러싸인 신사의 경내는 아니었지만 오츠는 추위를 느꼈다. 지저귀는 산새 소리에 그녀는 자신이 위험한 곳으로 들어서는 것이 아닌가 하는 생각이 들어 물었다.

"아저씨, 길을 잘못 든 건 아닌가요? 이 부근에는 집도 보이지 않는데요."

"오긴 님을 불러오는 동안 적적하겠지만 사당 마루에서 쉬면서 기다리려는 거네."

"불러온다니요?"

"내가 말하는 걸 깜빡했군. 오긴 님이 말씀하시길 찾아왔을 때 집에 마주치면 거북한 손님이 와 있거나 하면 안 되니까 미리 귀띔을 해 달라고 했네. 오긴 님이 있는 곳은 이 숲을 지나 저쪽에 있는 밭이네. 곧 모시고 올 테니 잠깐 기다리고 있게."

삼나무 숲 속은 어느새 어두워졌다. 만베는 총총걸음으로 삼나무 숲 샛길로 사라졌다. 사람을 의심할 줄 모르는 오츠는 아직 만베의 이상한 거동을 의심하지 않았다. 오츠는 별생각 없이 산신을 모신 사당 마루에 걸터앉아 저녁 하늘을 바라보고 있었다.

"……."

하늘은 점점 어두워져 갔다. 문득 주위를 둘러보자 차가운 가을바람이 불고 있었다. 사당 마루에 떨어진 낙엽 몇 장이 바람에 날려 무릎 위로 떨어졌다. 오츠는 낙엽 하나를 손으로 집어 돌리면서 참을성 있게 만베를 기다렸다. 그런데 어리석은 것인지 순진한 것인지 흡사 소녀와 같은 오츠의 그런 모습을 보고 사당 뒤편에서 껄껄 비웃는 자가 있었다. 오츠는 깜짝 놀라 사당 마루에서 펄쩍 뛰어 일어섰다. 여간해서 사람을 의심하지 않는 그녀였던 만큼 뜻밖의 일을 당하면 남들보다도 더 심하게 놀랐고 두려움에 떨었다. 사당 뒤에서 들려오던 웃음소리가 멎은 순간, 같은 곳에서 뭐라 말로 표현하기 어려울 만큼 무시무시한 노파의 쉰 목소리가 들려왔다.

"오츠, 꼼짝 말거라!"

"앗!"

오츠는 자신도 모르게 두 손으로 귀를 막았다. 무슨 일을 당하면 얼른 도망을 치는 것이 좋은데 오츠는 그러지도 못하고 그 자리에 얼어붙은 채 꼼짝 못 하고 떨고만 있었다. 그때, 사당 뒤편에서 몇 명이 튀어나와 오츠 앞에 섰다. 하지만 그녀에게는 그들 중에서 오직 한 사람만 유난히 크게 보였다. 악몽을 꿀 때마다 나타나는 머리가 새하얀 노파였다.

"만베, 수고했네. 사례는 나중에 하겠네. 그리고 여보게들, 저년이 비명을 지르기 전에 입에 재갈을 물려서 시모노쇼의 집까지 빨리 끌고 가게."

오스기는 오츠를 가리키며 염라대왕처럼 말했다. 향사인 듯한 네댓 명의 사내들은 모두 노파의 일족인 듯했다. 노파의 한마디에 사내들은 큰 소리로 대답하며 먹이를 놓고 싸우는 늑대처럼 오츠에게 달려들어 꽁꽁 묶어 버렸다.

"지름길로."

"저리!"

사내들은 오츠를 들고 내달리기 시작했다. 오스기는 뒤에 남아 그 모습을 웃으며 지켜보았다. 오스기는 만베에게 약속한 수고비를 주려는지 준비해 둔 돈을 허리끈 속에서 꺼내 건네며 말했다.

"잘될지 걱정을 하고 있었는데 용케 꾀어서 데리고 왔구먼."

오스기는 만베를 칭찬하고는 다짐을 두었다.

"이 일을 절대 입 밖에 내서는 안 되네."

만베는 받은 돈을 헤아려 보고는 만족스러운 얼굴로 말했다.

"저야 뭐, 할머님께서 지시한 대로 따른 것뿐입니다. 그리고 할머님께서 고향에 와 계신 줄은 오츠는 꿈에도 몰랐으니 말입니다."

"참으로 속이 시원하군. 아까 오츠가 깜짝 놀라던 모습을 보았나?"

"너무나 놀라 도망치지도 못하고 꼼짝도 하지 못하던 모습 말씀입니까? 하하하, 그래도 조금은 미안한 마음이 들기도 합니다."

"무슨 소리! 미안하기 뭐가 미안하단 말인가. 내가 당한 일을 생각하면."

"그 원한 깊은 이야기는 후일……."

"그렇군. 나도 이러고 있을 시간이 없지. 그러면 나중에 시모노쇼로 놀러 오게나."

"그럼 저는 이만. 그쪽 지름길은 길이 험하니 조심하십시오."

"자네도 말조심하게나."

"예예, 저는 입이 아주 무거운 사람이니 마음 놓으십시오."

만베가 오스기와 헤어져 발을 더듬으며 깜깜한 돌층계에 이른 순간, 갑자기 외마디 비명을 지르며 땅에 쓰러지고 말았다. 오스기는 뒤를 돌아보며 만베를 불렀다.

"만베, 무슨 일인가? 만베?"

이미 숨이 넘어간 뒤였던 만베가 대답을 할 리가 없었다.

"아니?"

오스기는 숨이 삼키며 쓰러져 있는 만베의 곁에 불쑥 나타난 그림자를 뚫어지게 바라다보았다. 칼이었다. 그 그림자는 피가 묻은 칼을 들고 있었다.

"누, 누구냐?"

"……."

"누구냐? 이름을 대라!"

오스기는 새된 목소리로 외쳤다. 나이에 어울리지 않은 허세와 공갈을 치는 병은 여전히 그대로인 듯했다. 하지만 상대는 오스기의 그런 허세에 익숙한 듯 어둠 속에서 가볍게 어깨를 으쓱했다.

"나요, 할멈."

"뭐?"

"모르겠소?"

"모르겠다. 들은 적이 없는 목소리다. 도적이냐?"

"후후후, 도적이 할멈 같은 가난뱅이는 노리지 않을 게요."

"뭐라고? 그럼 나를 따라왔단 말이냐?"

"그렇소."

"나를?"

"긴 말은 필요 없소. 만베 같은 자를 죽이기 위해 일부러 미카즈키까지 쫓아온 것은 아니오. 할멈을 혼내 주려고 온 것이오."

오스기는 새된 신음 소리를 흘리며 비틀 뒤로 물러섰다.

"사람을 잘못 본 건 아니냐? 넌 누구냐? 나는 혼이덴가의 오스기이다."

"그 말을 들으니 내 원한이 새삼 사무쳐 오늘 그 원한을 풀어야겠소.

할멈, 내가 누구인 것 같소? 이 조타로를 알아보지 못하겠소?"

"뭐라? 조, 조타로라고?"

"삼 년이 지나면 갓난아이도 세 살이 되는 법. 할멈은 늙은 나무, 나는 젊은 나무. 안됐지만 이젠 나를 코흘리개로 취급하지 못할 것이오."

"그러고 보니 정말 조타로구나."

"오랜 세월 내 스승님을 잘도 괴롭혔소이다. 내 스승님은 할멈을 노인이라 생각해서 상대를 하지 않고 도망만 치셨소. 그런 것도 모르고 가는 곳곳마다, 심지어 에도까지 쫓아와서 헛소문을 퍼뜨리고 원수 취급할 뿐 아니라 입신의 길을 방해했겠다."

"……."

"또 기회가 있을 때마다 오츠 님을 쫓아다니면서 괴롭혔지. 이젠 자신의 잘못을 깨닫고 고향에 처박혀 있는가 했더니 만베를 앞세워 또 오츠 님을 해치려 했겠다."

"……."

"참으로 가증스러운 노파. 한칼에 베어 버리는 건 일도 아니지만 나도 이젠 세상을 떠돌던 예전의 아오키 단자에몬의 자식이 아니다. 올봄부터 아버지께서 다시 히메지 성 이케다 가문의 가신이 되셨지. 아버지께 누를 끼칠 수 없어 목숨만은 살려 주겠지만."

조타로는 앞으로 나왔다. 목숨은 살려 주겠다고 말했지만 그는 오른손에 들고 있는 서슬 퍼런 칼을 아직 칼집에 넣지 않고 있었다.

"……."

한 걸음 한 걸음 뒤로 물러서면서 도망칠 기회만 노리고 있던 오스기가 갑자기 삼나무 숲 샛길로 뛰어 달아나려는 순간, 이내 뒤따라온 조타로가 오스기의 목덜미를 부여잡았다.

"어딜!"

"뭐하는 짓이냐!"

비록 나이는 들었지만 사나운 기질은 그대로였던 오스기가 뒤를 돌아보며 허리에 차고 있던 단검을 빼서 조타로의 옆구리를 향해 휘둘렀다. 하지만 예전의 어린아이가 아니었던 조타로는 뒤로 물러서며 오스기의 몸을 앞으로 내동댕이쳤다.

"네 이놈, 잘도 나를!"

수풀 속에 머리가 처박힌 오스기가 고래고래 소리를 질렀다. 머리가 땅에 처박히고도 그녀는 조타로가 더 이상 어린아이가 아님을 깨닫지 못한 듯했다.

"각오해라!"

조타로는 그렇게 외치더니 발로 밟으면 금방 부러질 듯한 노파의 등을 발을 밟고 버둥거리는 그녀의 손을 손쉽게 거꾸로 비틀어 올렸다. 조타로는 오스기가 이를 갈며 버둥거리는 모습을 보고도 가엾게 여기는 마음은 추호도 없었다. 조타로는 비록 몸집이 자라 어른처럼 보였지만 겉모습만으로 어른이 됐다고는 할 수 없었다. 벌써 열아홉의 늠름한 청년임이 분명했지만 생각은 아직 어렸다. 게다가 오랜 세월에 걸쳐 증오심이 차곡차곡 쌓여 있었다.

"어떻게 해 줄까?"

조타로는 오스기를 질질 끌고 와서 산신당 앞에 패대기를 치고는 여전히 굴하지 않고 싸우려는 가냘픈 몸을 밟은 채 생각했다. 죽이면 성가신 일이 생길 듯했고 그렇다고 살려 두자니 성이 차지 않아 어떻게 처리할지 잠시 망설였다. 아니, 그것보다는 방금 오스기의 지시로 시모노쇼로 끌려간 오츠의 신변이 더 걱정되었다.

애초에 오츠가 시카마의 염색집에 있는 걸 조타로가 우연히 알게 된 것은 그가 아버지 단자에몬과 함께 시카마와 가까운 히메지에서 살고 있는 덕분이었다. 조타로는 가을에 이곳의 봉행소에 심부름을 하러 자주 오갔는데, 우연히 울타리 너머에 있는 오츠를 보고 닮았구나 하며 눈여겨보았다가 이렇게 오츠가 위험에 빠진 것을 알게 되었던 것이다.

조타로는 오츠와 다시 만나게 된 인연에 대해 신에게 감사했다. 동시에 오츠를 해코지하려는 오스기를 뼛속에 사무치게 증오하며 조금씩 잊혀 가던 지난날의 분노를 떠올렸다.

'이 노파를 없애 버리기 전까지는 오츠 님은 마음 놓고 살 수 없을 것이다.'

조타로는 한때 오스기를 죽일 생각까지 했지만 아버지 아오키 단자에몬이 어렵사리 옛 번의 가신으로 들어간 지 얼마 되지 않았던 터여서 말도 많고 탈도 많은 산촌 향사의 일족 따위와 분규를 일으키면 시끄러워질 것이라고 생각했다. 그래서 오스기를 혼내 주고 오츠를 무사히 구하면 된다고 마음먹었던 것이다.

"옳지, 좋은 곳이 있군. 할멈, 이리 와!"

조타로는 그녀의 옷깃을 부여잡고 일으키려 했지만 오스기는 땅에 철퍼덕 엎드린 채 일어나려 하지 않았다.

"성가시군."

조타로는 오스기를 거칠게 껴안고 사당의 뒤편으로 달려갔다. 그곳에는 이 사당을 세울 때에 깎아 둔 벼랑 아래에 간신히 사람이 기어서 드나들 수 있을 정도의 동굴이 있었다.

사요의 부락인 듯 저편에서 불빛이 하나 얼핏 보였다. 산과 뽕나무밭과 강가는 넓은 어둠 그 자체였다. 그리고 방금 넘어온 뒤편의 미카즈키 고개도 어둠에 잠겨 있었다. 발밑에 자갈이 밟히고 귓가에 물 흐르는 소리가 들리자 뒤쪽에 있던 자가 앞서 가는 두 사람을 불러 세웠다.

"어이, 잠깐만."

두 사람은 손을 뒤로 돌려 밧줄로 묶은 오츠를 죄인처럼 끌고 가고 있었다.

"어쩐 일이지? 금방 뒤따라오겠다던 할머님이 아직 오지 않으시니."

"흠, 듣고 보니 이제 따라올 만도 한데."

"정정한 듯해도 할머니 걸음으로는 샛길 오르막이 좀 힘들 거네."

"이 근처에서 잠깐 쉬고 있을까? 아니면 사요까지 가서 두 번째 주막에서 기다릴까?"

"어차피 기다릴 거면 두 번째 주막에서 한잔하며 기다리세. 이런 짐을 끌고 가는 처지니 말일세."

그렇게 세 사람이 물가에 비친 달빛을 찾아 냇가를 건너려고 할 때였다.

"어이!"

멀리 어둠 너머에서 소리가 들렸다. 그들이 뒤를 돌아보며 귀를 기울이자 두 번째 목소리는 좀 더 가까운 곳에서 들렸다.

"할머닌가?"

"아냐, 다른데?"

"누구지?"

"남자 목소리다."

"그럼 우리를 부르는 건 아닐 텐데."

"맞네. 우릴 부를 사람이 있을 리가 없네. 할머님이 저런 목소리를 낼 리도 없고."

가을의 냇물은 얼음장처럼 차가웠다. 철퍽철퍽 냇물을 헤치며 걸어가는 오츠의 발은 그 차가움으로 한층 아렸다. 그런데 뒤편에서 빠른 속도로 달려오는 소리가 났다. 세 사람이 그 소리를 들었을 때, 누군가가 '오츠 님' 하고 외치며 그들에게 물보라를 튀기면서 건너편 기슭까지 단숨에 달려갔다.

"앗!"

물보라를 맞고 몸을 부르르 떨던 세 명의 향사는 오츠를 에워싸고 얕은 냇가 한가운데에 멈춰 섰다. 먼저 달려서 냇가를 건넌 조타로는 그들이 올라가려는 냇가 기슭을 가로막고 서서 양손을 벌린 채 말했다.

"잠깐!"

"누구냐?"

"알 것 없다. 오츠 님을 어디로 데리고 가는 것이냐?"

"오츠를 구하러 왔구나!"

"그렇다."

"쓸데없이 나섰다간 목이 달아날 줄 알거라."

"그대들은 오스기의 일족일 터, 오스기의 분부다. 오츠 님을 내게 넘겨라."

"뭐, 할머님의 분부라고?"

"그렇다."

"거짓말 마라."

향사들이 비웃었다.

"거짓말이 아니다. 이걸 봐라."

조타로는 그들을 가로막고 선 채 오스기가 쓴 쪽지를 내밀었다.

'지금은 어찌할 수 없으니 일단 오츠를 조타로에게 건네고 나를 데리러 오길 바란다.'

"이건 뭐냐?"

쪽지에 적인 글을 읽은 향사들은 눈살을 찌푸리며 조타로를 발밑에서부터 훑어보더니 물가에서 나와 기슭으로 올라섰다.

"보면 알 것을, 글도 읽을 줄 모르느냐?"

"닥쳐라! 여기 쓰인 조타로가 네놈인 모양이구나."

"그렇다. 나는 아오키 조타로다."

그 말을 들은 오츠가 갑자기 절규하듯 조타로의 이름을 부르며 앞으로 고꾸라질 듯했다. 아까부터 오츠의 눈은 조타로의 모습을 응시하면서 반신반의하며 버둥거리고 있었다. 그런데 조타로가 스스로 자신의 이름을 밝히자 자신도 모르게 절규가 나온 것이었다.

"재갈 물린 게 허술해졌다. 다시 물려라."

조타로와 맞서고 있던 자가 뒤를 보며 이렇게 외치더니 다시 조타로를 보고 말했다.

"그렇군. 이건 할머님의 필적이 틀림없는데, 그렇다면 할머님이 데리러 돌아오라고 한 건 무슨 영문이냐?"

향사가 험상궂은 표정으로 묻자 조타로는 태연히 말했다.

"인질로 잡아 두었다. 오츠 님을 내준다면 노파가 있는 곳을 알려 주마. 어쩔 테냐?"

세 사람은 아무리 기다려도 오스기가 오지 않았던 이유를 알게 되자 서로 얼굴을 바라보다가 아직 나이가 어린 듯한 조타로를 얕잡아 보고 말했다.

"돼먹지 않은 놈. 어디 사는 애송이인지 모르지만 우리가 누군지 아느냐? 시모노쇼의 혼이덴이라고 하면 히메지 번의 무사들은 모두 알고 있을 것이다."

"말이 많다. 좋은지 싫은지 그것만 말하거라. 싫다면 노파는 산에서 굶어 죽을 때까지 그대로 내버려 둘 수밖에 없다."

"이놈이!"

한 명이 달려들어 조타로의 팔을 비틀고 다른 한 명은 칼자루를 잡고 벨 자세를 취했다.

"헛소리를 했다가는 목을 벨 것이다. 할머님을 어디에 숨겼느냐?"

"오츠 님을 내주겠느냐?"

"못 준다."

"그럼 나도 말하지 않겠다."

"죽어도 말이냐?"

"오츠 님을 건네라. 그러면 모두 무사할 것이다."

"쳇, 어린놈의 자식이."

조타로의 손을 비틀어 올린 자가 다리를 걸어 조타로를 앞으로 넘어뜨리려고 했다.

"어림없다."

조타로는 사내의 힘을 이용해서 반대로 그자를 앞으로 메쳤다. 하지만 그 순간, 조타로는 비명을 지르며 엉덩방아를 찧더니 오른쪽 넓적다리를 움켜쥐었다. 앞으로 메쳐진 순간에 사내가 칼을 뽑아 베었던 것이다.

조타로는 남을 던지는 기술은 알고 있었지만 아직 제대로 던지는 법을 터득하지 못했다. 내던진 상대가 살아 있는 사람인 이상 단순히 내던져진 채 가만히 있지 않았다. 내던져진 순간, 칼도 뺄 것이고 맨손으로라도 그의 다리를 붙잡을 가능성이 있었다. 적을 던지기 전에 먼저 그것을 생각해야 할 터인데 마치 개구리를 내동댕이치듯 발밑으로 메치고 몸도 피하지 않았다. 조타로가 해치웠다고 생각한 순간, 상대는 조타로의 넓적다리를 칼로 후려치고 자신도 역시 함께 쓰러져서 부상을 입고 엉덩방아를 찧고 말았다. 하지만 다행히 가벼운 상처인 듯 조타로는 벌떡 일어났고 상대방 역시 바로 일어섰다.

"베면 안 된다."

"생포해야 한다."

다른 향사 둘이 이렇게 소리치며 서로 합세하여 세 방향에서 조타로에게 덤벼들었다. 조타로를 베어 버리면 오스기를 어디에 잡아 두었는지 그걸 알 길이 없어지기 때문이었다. 마찬가지로 조타로 역시 이곳에서 향사들과 피를 보는 일은 피할 생각이었다. 번에 그 사실이 알려지기라도 하면 아버지에게 누가 될 것이었다. 하지만 모든 일이 평소에 생각하던 대로 전개되는 경우는 많지 않았다. 일 대 삼의 싸움에서는 당연히 혼자인 쪽에서 화를 참지 못하는 경우가 많았다. 게다가 조타로는 한창 혈기왕성한 때이기도 했다.

"이 애송이 놈이."

"건방진 놈!"

"이래도 불지 못할까!"

조타로는 세 명에게 두들겨 맞고 찔리고 내동댕이쳐져서 밑에 깔릴 것처럼 되자 화가 폭발하고 말았다.

"어림없다!"

이번에는 조타로가 반격으로 불시에 칼을 빼 들고 자신의 몸에 올라타고 있는 사내의 복부를 찔렀다.

"윽!"

칼자루에서 팔뚝 근처까지 피로 흥건히 물들자 조타로는 아무 생각도 나지 않았다.

"제길, 너도 같은 꼴을 당하고 싶으냐!"

조타로는 일어나자마자 다른 자를 향해 정면에서 칼을 내리쳤다. 뼈에 부딪친 칼날이 옆으로 구부러져서 비스듬히 베인 생선 토막만 한 살점이 칼끝에서 튀어 올랐다.

"이, 이런 미친 놈!"

향사는 이렇게 소리쳤지만 칼을 빼기에는 이미 늦었다. 세 사람의 힘을 너무 과신하고 있었던 만큼 당황하는 기색이 역력했다.

"이놈, 네 이놈들!"

조타로는 주문을 외듯 칼을 한 번 휘두를 때마다 고함을 치며 남은 두 명을 적으로 간주하고 맹렬히 달려들었다.

조타로는 검술을 제대로 배운 적이 없었다. 이오리와는 달리 무사시에게 검술의 기본을 배운 적이 없었기 때문이었다. 그렇지만 피를 뒤집어쓰고도 놀라지 않는 점과 칼을 잡고도 나이에 어울리지 않은 담

력과 무모함을 보인 것은 아마 지난 이삼 년 동안 어둠 속에서 같이 행동하던 다이조의 훈련 때문인 듯했다.

반면에 향사들은 비록 셋이었지만 이미 한 명은 부상을 입고 있었기 때문에 매우 흥분해 있었다. 조타로의 넓적다리 부근에서 붉은 피가 흐르고 있었고 말 그대로 베고 베이는 아수라장이었다. 그대로 두었다간 자칫하면 조타로가 칼을 맞을지도 몰랐다. 오츠는 미친 듯이 냇가를 달려가 밧줄에 묶여 움직이지도 못하는 양손을 버둥거리며 어둠을 향해서 외쳤다.

"아무도 없나요! 저편에서 싸우고 있는 젊은 무사를 도와주세요!"

하지만 천지사방의 어둠 속을 소리 지르며 뛰어다녀도 물소리와 허공의 바람 소리 외에는 그녀에게 대답하는 것은 없었다. 그러다 문득 오츠는 남에게 도움을 구하기에 앞서 왜 자신은 아무것도 하지 않는 것일까 깨달았다. 그녀는 냇가에 앉아 밧줄을 바위 모서리에 갈았다. 밧줄은 향사들이 길가에서 주은 새끼줄이어서 곧 툭 하고 끊어졌다. 오츠는 양손에 작은 돌을 쥐고 곧장 조타로와 향사들이 싸우고 있는 곳으로 달려갔다.

"조타로!"

오츠는 소리치며 적의 얼굴을 향해 돌멩이 하나를 던졌다.

"내가 있으니 이젠 괜찮아!"

그러고는 다시 돌멩이를 던지며 외쳤다.

"조타로, 지면 안 돼!"

쨍하며 돌이 다시 날아갔다. 그러나 세 번이나 던진 돌 중 하나도 적들을 맞히지 못하고 빗나가고 말았다. 오츠가 재빨리 다시 돌을 쥐어 들었다.

"저 계집이!"

조타로와 마주하고 있던 향사 한 명이 펄쩍 뒤로 물러서며 칼등으로 오츠의 등을 내리치려고 했다. 그것을 본 조타로가 향사를 쫓아갔다. 향사가 칼을 내려치려는 순간, 칼을 쥔 조타로의 주먹이 향사의 등에 그대로 꽂혔다.

"이놈!"

직선으로 날아간 조타로의 칼이 상대의 등을 지나 배를 관통해서 칼자루를 쥔 주먹에 걸려 멈췄다. 놀랄 만한 움직임이었지만 조타로의 칼이 시체에서 빠지지 않았다. 조타로가 당황하고 있는 틈을 노려 다른 향사가 덤벼들면 어찌 될 것인지 결과는 명명백백했다. 하지만 남은 향사는 앞서 부상을 입고 있는데다가 철석같이 믿고 있던 같은 편이 비참한 최후를 맞이하자 당황하더니 다리가 부러진 사마귀처럼 비틀거리며 저편으로 도망치고 있었다. 조타로는 그 모습을 보고 침착하게 시체에 발을 대고 칼을 뽑았다.

"멈춰라!"

조타로는 자신감이 생겨 단칼에 끝장을 내려고 쫓아갔다. 그러자 오츠가 큰 소리로 외쳤다.

"그만, 조타로! 저렇게 부상을 입고 도망치는 사람을, 그만 둬!"

마치 가족을 보호하려는 듯 오츠가 간절히 외치자 조타로는 깜짝 놀랐다. 여태까지 자신을 괴롭힌 자를 왜 두둔하는 건지 오츠의 마음을 이해할 수 없었다.

"그만두고 어서 어떻게 된 건지 조타로의 얘기가 듣고 싶어. 나도 이야기할 것이 많으니 조타로, 어서 빨리 여기서 도망치자."

조타로도 오츠의 말이 옳은 듯했다. 이곳은 사누모와 산 하나를 사이에 두고 있었다. 만약 변고가 생겼다는 사실이 시노모쇼에게 알려지면 혼이덴가의 일족들이 모두 쫓아올 것은 불 보듯 뻔한 일이었다.

"오츠 님, 뛸 수 있어요?"

"응, 괜찮아!"

두 사람은 소녀와 꼬마였던 무렵을 떠올리며 숨이 멎을 때까지 어둠 속을 달려갔다.

미카즈키의 여인숙 중에서 아직 불을 켜놓고 있는 곳은 한 집뿐이었다. 광산을 오가며 금을 파는 상인과 다지마但馬 너머의 실을 파는 장사치와 행각승 등이 오츠와 조타로를 보고 나이 어린 사내와 함께 야반도주를 한 것이라고 오해를 한 듯했다. 그들은 안채에서 떠들썩하게 굴다가 이젠 잠자리로 돌아갔는지 불빛은 안채에서 떨어진 한 곳에만 켜져 있었다. 그곳은 여인숙의 늙은 주인이 누에고치를 삶는 냄비와 물레를 놓고 혼자 살고 있는 곳이었는데 오츠와 조타로를 위해 일부러 비워 주었다.

"조타로, 그럼 너도 에도에서 무사시 님과 만나지 못했다는 거구나?"

오츠는 그 후의 자초지종을 조타로에게 듣고는 슬픈 듯 말했다. 조타로 역시 오츠가 기소지에서 헤어진 이후로 여전히 무사시를 만나지 못했다는 이야기를 듣고 무슨 말을 해야 할지 착잡한 심정이었다.

"하지만 오츠 님, 그리 슬퍼하지 마세요. 풍문이긴 하지만 요사이 히메지에 이런 소문이 돌고 있어요."

"어떤 소문?"

그녀는 지푸라기든 뜬소문이든 붙잡고 싶은 심정이었다.

"머잖아 무사시 님이 히메지에 올지도 몰라요."

"히메지에? 정말?"

"소문이니까 얼마나 믿을 수 있을지 모르지만 번에서는 기정사실인 것처럼 받아들이고 있어요. 호소가와가의 사범 사사키 고지로와 시합 약속을 지키기 위해 머잖아 고쿠라로 올 것이라고."

"그런 소문을 나도 얼핏 들은 적이 있어서 대체 누구의 입에서 나온 건지 알아보았지만 무사시 님의 소식은커녕 계신 곳조차 알고 있는 사람이 없었어."

"번에 돌고 있는 얘기는 조금 더 근거가 있어요. 그건 호소가와가와 연고가 깊은 교토의 묘심사에서 무사시 님의 소재를 알고 있어서 노신인 나가오카 사도 님의 중재로 고지로가 보낸 결투장이 무사시 님께 전해졌다는 거예요."

"그럼 그날이 멀지 않았다는 거니?"

"날짜와 장소는 모르지만 교토 근처에 계신다면 부젠의 고쿠라로 가기 위해 분명 히메지의 성을 지나갈 거예요."

"하지만 뱃길도 있잖아."

"아니요. 아마도……."

조타로는 머리를 저으며 말했다.

"배로 가시진 않을 거예요. 왜냐하면 히메지나 오카야마는 물론이고 산요山陽의 각 번에서도 무사시 님이 지나가면 틀림없이 하룻밤 묵어가라고 붙잡고는 어떤 인물인지 살펴보고 자신들의 번으로 끌어들이기 위해 의중을 떠보려 기다리고 있을 거예요. 벌써 히메지의 이케다가에서는 다쿠안 스님께 서신을 보내 물어보고 있고, 또 성 아래 역참에 명해서 무사시 님과 비슷한 사람이라도 지나가면 곧 알리라고 했다고 해요."

그 말을 듣자 오츠는 오히려 한숨을 내쉬며 절망적으로 말했다.

"그렇다면 무사시 님은 더욱 육로를 이용하시지 않을 거야. 무사시 님은 그런 일을 가장 싫어하시는데 성들마다 그리 기다리고 있으니……."

조타로는 비록 소문이지만 들려주면 오츠가 기뻐하리라고 믿고 말한 것이었는데 그녀의 말을 듣고 보니 과연 무사시가 히메지에 들르리라는 기대는 한낱 공상에 불과한 것처럼 여겨졌다.

"조타로, 그럼 교토의 묘심사에 가면 확실한 걸 알 수 있지 않을까?"

"알 수 있을지도 모르지만 한낱 소문이어서."

"설마 아닌 땐 굴뚝에 연기가 나겠어?"

"그럼 바로 가려고요?"

"응. 그 말을 들으니 당장 내일이라도 떠나야겠어."

"잠, 잠깐만요."

조타로는 예전과 달리 자신의 생각을 확고하게 가지고 있었다.

"오츠 님이 스승님과 만나지 못하는 건 그런 식으로 무슨 소문만 들으면 그것을 곧이곧대로 믿고 바로 가기 때문일 거예요. 두견새의 모습을 보려면 소리가 들리는 앞쪽을 바라보지 않으면 보이지 않는데, 오츠 님은 스승님의 뒤만 쫓아다니니 어긋나기만 하는 거라는 생각이 들어요."

"그럴지도 모르지만 말과 달리 마음은 그러질 못하는 게 사랑이 아닐까?"

오츠는 조타로에게는 무슨 말이든지 할 수 있었다. 하지만 방금 무심코 사랑이라는 말을 입에 담고는 조타로의 모습을 본 오츠가 깜짝 놀랐다. 조타로의 얼굴이 빨갛게 물들어 있었던 것이다. 더 이상 조타로는 사랑이라는 말을 공놀이하듯 주거니 받거니 할 상대가 아니었다. 다른 사람의 사랑보다 자신이 사랑에 고뇌하는 나이였던 것이다.

"고마워. 나도 잘 생각해 볼게."

오츠가 다급하게 화제를 바꿨다.

"그렇게 해요. 그리고 일단 히메지로 돌아가서."

"응."
"꼭 집에 와요. 저와 아버지가 있는 집으로요."
"……."
"아버지의 말씀을 들어보니 칠보사에 있던 무렵의 일까지 오츠 님에 대해 잘 알고 계셨어요. 이유는 모르겠지만 한번 만나고 싶다고도 말씀하셨어요."
오츠는 대답하지 않았다. 가물거리는 등잔불에 문득 허물어진 처마 너머로 밤하늘을 쳐다보며 말했다.
"아, 비가……."
"비가 와요? 내일은 히메지까지 걸어가야 하는데."
"도롱이와 삿갓만 있으면 가을비 정도는."
"많이 오지 않는 게 좋은데"
"바람이 부네."
"문을 닫을 게요."
조타로는 일어서서 덧문을 닫았다. 그러자 갑자기 후텁지근해져서 오츠가 지닌 여인의 향이 방 안에 감도는 듯했다.
"오츠 님, 편히 주무세요. 나는 여기서……."
조타로는 목침을 들고 창 아래 벽을 향해 누웠다.
"……."
오츠는 잠을 자지 않고 혼자 빗소리를 듣고 있었다.
"잠을 자 둬야 해요. 오츠 님, 아직 안 자요?"

조타로는 돌아누운 채 잠이 오지 않는 듯 그렇게 말하고 얇은 이불을 얼굴까지 푹 뒤집어썼다.

관음

쏟아지는 빗줄기가 찢어진 처마를 하염없이 두드리고 있었다. 바람도 세차게 불기 시작했다. 산촌이었고 더욱이 변덕스런 가을 하늘을 생각하면 아침에는 그칠지도 몰랐다. 오츠는 그런 생각을 하며 허리끈도 풀지 않고 앉아 있었다. 잠자리가 거북한 듯 이불 속에서 부스럭거리던 조타로는 어느 틈엔가 잠이 들었다. 어디에선가 똑똑 비가 새는 소리가 났다. 빗방울이 후드득거리며 문을 두드리고 있었다.

"조타로!"

갑자기 오츠가 불렀다.

"좀 일어나 봐. 조타로!"

몇 차례 불렀지만 깰 것 같지 않았다. 오츠는 억지로 깨우기도 뭐해서 망설이고 있었다. 갑자기 조타로를 깨워서 물어보고 싶어진 것은 오스기에 대해서였다. 냇가에서 향사들에게 말했고 도중에 얼핏 들었지만, 이렇게 심하게 비가 오는데 오스기는 어떻게 됐을까, 하고 불쌍한 마음이 들었다.

'비바람 속에서 젖어서 추울 텐데. 나이도 있고 자칫 죽을지도 몰라. 아니야, 며칠이나 사람들의 눈에 띄지 않는다면 굶어 죽을 게 뻔해.'

천성이 잔걱정이 많은 탓인지 오츠는 오스기의 신변까지 걱정이 되어 비바람 소리가 심해질수록 혼자 가슴을 태웠다.

'내가 진심을 다하면 언젠가 그 진심은 반드시 통할 거야. 그래, 조타로가 나중에 화를 낼지도 모르지만.'

그녀는 무슨 결심을 한 듯 덧문을 열고 밖으로 나갔다. 사방은 칠흑같이 어두웠고 오직 빗줄기가 안개처럼 하얗게 튀고 있었다. 봉당에 놓인 짚신을 신고 벽에 걸린 대나무 삿갓을 쓰고 오츠는 옷자락을 걷어 올린 후에 도롱이를 걸치고 처마 끝에서 떨어지는 비를 맞으며 밖으로 나갔다. 이곳에서는 그리 멀지 않았다. 여인숙 옆, 산신당이 있는 높은 돌층계로 이어진 산 쪽이었다. 저녁에 만베와 함께 올라간 돌층계는 빗물로 폭포를 이루고 있었다. 계단을 다 오르자 삼나무 숲이 바람에 울부짖고 있었다. 아래쪽 여인숙보다 바람이 훨씬 세찼다.

'할머님은 어디 계실까?'

자세히 듣지는 못했다. 다만, 이 근처 어디에다 가뒀다고 조타로가 말했었다.

'혹시?'

사당 안을 들여다보고 다시 마루 밑이 아닐까 불러 보았지만 대답도 없었고 모습도 보이지 않았다. 사당 뒤편으로 돌아가서 나무들이 아우성치는 소리를 들으며 한동안 서 있었다.

"거기, 아무도 없소? 으으……."

어디선가 이렇게 외치는 소리가 희미하게 비바람 속에서 간헐적으로 들렸다.

"할머님이 틀림없다. 할머니, 할머님!"

그녀도 이쪽에서 바람을 향해 소리를 질렀다. 목소리는 비바람에 실려 어두운 하늘로 흩어져 버렸지만 그녀의 마음은 보이지 않는 어둠 저편 사람에게 가닿은 듯했다.

"누가 거기 있소? 살려 주시오. 여기요, 살려 주시오."

오츠의 목소리에 대답하듯 오스기의 목소리가 어디선가 끊어질 듯 들려왔다. 그 목소리는 삼나무 숲을 뒤흔드는 비바람에 묻혀 제대로 들리지 않았지만 오츠는 오스기가 필사적으로 외치는 소리라는 것을 알 수 있었다.

"어디세요? 할머니, 할머님!"

오츠는 사당 주위를 뛰어다니다가 삼나무 뒤편으로 돌아갔다. 그리고 스무 걸음 앞에 있는 벼랑을 깎아 놓은 한편에 곰이 사는 곳 같은 동굴을 발견했다.

"혹시 저곳에?"

다가가서 안을 들여다보니 오스기의 목소리가 동굴 속에서 새어 나오고 있었다. 하지만 굴 입구에는 그녀의 힘으로는 꿈쩍도 하지 않을 듯한 커다란 바위 서너 개가 가로막고 있었다.

"뉘시오? 거기 누구요? 혹시 이 늙은이가 평소에 믿는 관음보살님의 현신이 아니십니까? 불쌍히 여겨 살려 주십시오. 이런 변을 당한 불쌍한 늙은이를 살려 주십시오."

오스기는 바위 틈 사이로 동굴 밖의 그림자를 얼핏 보자 이렇게 기뻐하며 외쳤다.

"기쁘구나, 참으로 기쁘구나. 평소 이 노파의 선심善心을 가엾이 여기시어 이런 변을 당하자 다른 모습을 하시고 구하러 오셨습니까? 대자대비 나무관세음보살, 나무관세음보살."

갑자기 오스기의 목소리가 뚝 끊기더니 아무 소리도 들리지 않았다.

오스기의 외침을 듣자니 그녀는 한 가문의 가장이자 어머니이며 인간으로서 자신은 착하고 아무런 잘못을 범하지 않은 사람이라고 믿고 있는 듯했다. 자신의 행동은 모두 선이라고 생각하고 있는 듯했다. 자신을 보호해 주지 않는 신불이 있으면 그 신불은 악한 신불이라고 생각할 만큼 그녀는 자신을 선의 화신이라고 생각하고 있었다.

그래서 이런 비바람 속에 관세음보살의 현신이 도와주러 온 것은 그녀에게 있어 조금도 이상할 것이 없는 당연한 일이라고 생각하고 있었다. 그러나 그것이 환각이 아니라 실제로 누군가 동굴 밖에 오자 오스기는 그 순간 긴장이 풀려 실신을 하고 만 듯했다.

동굴 밖에 있는 오츠는 그토록 미친 듯 외치던 오스기의 목소리가 갑자기 끊기자 혹시나 하는 생각에 제정신이 아니었다. 빨리 동굴의 입구를 열기 위해 있는 필사적으로 애를 썼지만 그녀의 힘으로는 바위 하나조차 움직일 수 없었다. 대나무 삿갓의 끈이 끊어져 날아가고 검은 머리는 도롱이와 함께 비바람과 뒤섞여 휘날리고 있었다.

'이렇게 큰 바위를 조타로는 어떻게 혼자서 움직였을까?'

오츠는 몸으로 밀어도 보고 두 손으로 젖 먹던 힘을 다해 보아도 바위가 꿈쩍도 하지 않자 진이 빠져서 조타로가 너무 심하게 했다고 원망했다. 자신이 왔기에 망정이지 만약 이대로 내버려 두면 오스기는 동굴 안에서 미쳐서 죽을 것이었다. 그런데 갑자기 아무 소리도 들리지 않는 것을 보면 혹시 죽은 게 아닌가 싶었다.

"할머님, 기다리세요. 마음을 굳게 먹으시고, 바로 구해 드릴 테니까요."

바위 사이에 얼굴을 대고 말했지만 여전히 대답이 없었다. 동굴 안은 암흑이어서 오스기의 모습도 보이지 않았다. 하지만 희미하게 그녀가 외는 관음경觀音經 소리가 들렸다.

"혹우악나찰或遇惡羅剎 독룡제귀등毒龍諸鬼等 염피관음력念彼觀音力 시실불감해時悉不敢害 약악수위요若惡獸圍繞 이아조가포利牙爪可怖 염피관음력念彼觀音力."

오스기의 눈과 귀에는 오츠의 목소리와 모습은 없었다. 오직 관음만이 보이고 보살의 목소리만 들릴 뿐이었다. 오스기는 합장을 하고 안심한 채 눈물까지 흘리며 떨리는 입술로 관음경을 외고 있었다.

하지만 오츠에겐 신통력이 없었다. 입구를 막고 있는 세 개의 바위

중 하나도 움직일 수 없었다. 비는 계속 내렸고 바람도 멈출 기미가 보이지 않았다. 마침내 그녀가 걸치고 있던 도롱이도 갈가리 찢겨져 손과 가슴은 물론 어깨까지 온통 비에 젖은 진흙투성이로 변했다. 그러는 동안에 오스기도 뭔가 이상한 생각이 들었는지 틈 사이에 얼굴을 대고 바깥을 살피며 소리쳤다.

"누구, 누구시오?"

비바람 속에서 지쳐 기진맥진한 표정으로 몸을 움츠리고 있던 오츠가 소리쳤다.

"아, 할머님? 오츠예요. 아직 괜찮으신 거 같아서 다행이에요."

"뭐, 오츠라고?"

오스기가 의심스런 목소리로 물었다.

"예."

"……."

잠시 틈을 두고 다시 오스기가 물었다.

"오츠라고?"

"예, 오츠예요."

오스기는 깜짝 놀라며 무언가에 얻어맞은 듯 환각에서 깨어나 외쳤다.

"어, 어떻게 네가 여기에 왔느냐? 그럼 조타로 녀석이……."

"이제 구해 드리겠어요. 할머니, 조타로가 한 행동을 용서하여 주세요."

"나를 도우러 왔다고?"

"예."

"네가, 나를?"

"할머님, 지나간 일들은 모두 잊고 용서해 주세요. 저는 어릴 적 할머님께 신세를 진 일만 기억하고 그 후의 일들은 원망하지 않아요. 본래 제가 멋대로 행동한 일이어서."

"그렇다면 이제 잘못을 뉘우치고 다시 혼이덴가의 며느리가 되겠다는 것이냐?"

"아니, 아니에요."

"그렇다면 무엇 하러 이곳에 왔느냐?"

"할머님이 불쌍해서 견딜 수 없었어요."

"그래, 그걸 은혜라 생각하고 전의 일은 잊어버리라는 것이냐?"

"……."

"네 도움은 필요 없다. 누가 네게 구해 달라고 했더냐? 만약 이 늙은이에게 은혜라도 베풀어서 원한을 풀 생각이라면 큰 오산이다. 설사 죽을 구덩이에 빠졌더라도 나는 내 한 목숨 구하자고 뜻을 굽힐 생각이 없다."

"하지만 어찌 나이 드신 분이 이런 꼴을 당하시는 걸 보고만 있을 수 있겠어요?"

"말은 그렇게 하지만 넌 조타로 놈과 한통속이 아니냐? 나를 이렇게 만든 건 너와 조타로 놈이다. 만약 이 동굴에서 나간다면 반드시 이 원수를 갚을 것이다."

"언젠가 제 마음을 아실 날이 있을 거예요. 어찌 됐든 이런 곳에 계시면 또 병이 드실 거예요."

"듣기 싫다. 그렇군, 조타로 놈과 짜고 나를 비웃으러 온 게로군."

"아니에요. 제 진심으로 꼭 노여움을 풀어 드리겠습니다."

오츠는 다시 일어나서 바위를 밀었다. 꿈쩍도 하지 않는 바위를 밀면서 빌었다. 그런데 힘으로는 꿈쩍도 하지 않던 바위가 그 순간, 눈물로는 움직였다. 세 개의 바위 중 하나가 쿵 하고 먼저 땅에 떨어졌다. 그리고 다시 뒤쪽의 바위도 뜻밖에 조금씩 흔들리기 시작하더니 동굴의 입구가 겨우 열렸다. 오츠의 눈물의 힘 때문이 아니라 오스기도 안에서 힘을 더했기 때문이었다. 그러자 오스기는 자신의 힘으로 바위를 밀어낸 것처럼 험상궂은 표정으로 동굴 밖으로 뛰쳐나왔다.

'진심이 닿아서 바위가 움직였다. 아, 정말 다행이다!'

오츠는 밀어낸 바위와 함께 비틀거리며 마음속으로 그렇게 외쳤다. 하지만 오스기는 동굴에서 뛰어나오자 다시 세상으로 나온 목적이 그것인 것처럼 오츠를 향해 달려들었다.

"아니, 할머니!"

"시끄럽다."

"왜? 어찌?"

"뻔하지 않느냐!"

오스기는 오츠를 땅바닥에 눌러 주저앉혔다. 오스기가 어찌 나올지 뻔한 노릇이었지만 오츠는 설마 이러리라고는 생각조차 하지 못했다.

남에게 진심을 다하면 남 또한 진심으로 대할 것이라고 믿어 의심치 않는 오츠에게 있어 지금의 오스기의 행동은 의외였고 그래서 더 놀랄 수밖에 없었다.

"이리 오너라!"

오스기는 오츠의 옷깃을 잡은 채 빗물이 흐르는 땅 위로 끌고 갔다. 빗줄기는 다소 가늘어졌지만 여전히 오스기의 백발에 하얀빛을 튀기며 쏟아지고 있었다. 오츠는 끌려가면서 두 손을 맞잡고 애원했다.

"할머니, 용서해 주세요. 마음이 풀리실 때까지 처벌은 받겠지만 이런 비를 맞으시면 할머님도 병이 드실 거예요."

"뭐가 어째? 뻔뻔한 년, 내가 아직도 그따위 눈물에 속을 줄 아느냐?"

"도망치지 않겠어요. 어디든 갈 터이니 손을…… 아, 숨을 못 쉬겠어요."

"당연하지 않느냐."

"놓, 놓아주세요……."

당장이라도 숨이 막힐 듯했다. 오츠는 저도 모르게 오스기의 손을 뿌리치고 일어서려 했다.

"놓칠 줄 아느냐!"

오스기의 손이 또다시 머리채를 잡았다. 힘없이 하늘로 젖혀진 하얀 얼굴로 비가 쏟아졌다. 오츠는 눈을 감고 있었다.

"네년 때문에 얼마나 오랫동안 고생한 줄 아느냐?"

오스기는 욕설을 퍼부으며 오츠가 뭐라고 말하며 버둥거릴수록 머리채를 잡고 이리저리 휘저으며 발로 밟고 매질을 했다. 문득 오스기는 큰일 났다는 표정으로 급히 손을 놓았다. 오츠는 푹 하고 앞으로 쓰러진 채 숨도 쉬지 않았다.

"오츠, 오츠야!"

오스기는 당황해서 오츠의 얼굴을 들여다보며 불렀다. 비에 씻긴 얼굴은 죽은 고기처럼 차가웠다.

"죽어 버렸구나!"

오스기는 마치 남의 일처럼 망연히 중얼거렸다. 죽일 생각은 없었다. 오츠를 용서할 생각도 없었지만 이렇게까지 할 생각도 결코 없었다.

"그래, 일단 집으로 돌아가서……."

오스기는 그대로 걸어가다가 무슨 생각이 들었는지 다시 돌아와서 오츠의 차가운 몸을 동굴 안으로 안고 들어갔다. 입구는 좁았지만 안쪽은 예상 외로 넓었다. 먼 옛날 도를 닦는 행자가 앉았던 것 같은 곳이 보였다.

"흐음……."

오스기가 다시 그곳에서 기어서 나오려고 할 때에는 동굴 입구는 마치 폭포 같았다. 그리고 하얀 빗줄기가 안쪽까지 날아들었다. 나가려고 마음만 먹으면 언제든지 나갈 수 있는 몸이 되자 폭우 속으로 굳이 나갈 필요는 없을 듯싶었다.

"곧 동이 틀 테니."

오스기는 그렇게 생각을 하고 동굴 속에 쭈그리고 앉아 폭풍우가 멎기를 기다렸다. 하지만 그러는 동안 새카만 어둠 속에서 오츠의 차가운 시신과 함께 있는 것이 무서웠다. 하얗고 차가운 얼굴이 힐책하는 것처럼 계속해서 자신을 보고 있는 듯했다.

"모두 운명이니 성불하고 나를 원망하지 말거라."

오스기는 눈을 감고 작은 목소리로 경을 외기 시작했다. 경을 외는 동안은 양심의 가책과 무서움도 잊을 수 있었다. 오스기는 한동안 그렇게 경을 외고 있었다.

짹짹, 짹짹, 새소리가 귓가에 들려오자 오스기는 눈을 떴다. 동굴 입구가 보였다. 밖에서 비쳐 드는 밝고 선명한 빛에 거친 바닥이 보였다. 동틀 무렵부터 비바람이 깨끗이 멎은 모양이었다. 동굴 입구에는 금빛 햇살이 반사되어 빛나고 있었다.

"뭐지?"

오스기는 일어서려다 문득 바로 얼굴 앞에 떠오르는 글자를 발견했다. 그것은 누군가 동굴 벽에 새겨 놓은 기원문이었다.

덴몬天文 십삼년 덴진 산성天神山城[7]의 전투 때, 우라가미 님의 군세에 모리 긴사쿠森金作라는 열여섯 살 난 아들을 보내고 두 번 다시 보지 못하게 된 슬픔에 겨워 각지의 신불을 찾아 헤매다가 이곳에 관음보살을 안치하고 긴사쿠의 극락왕생을 비니 어미의 몸으로 눈물이 앞을 가리네. 세월이 흘러 혹여 이곳을 찾은 이가 있으면 올해 긴사쿠를 공양한

---

7 전국 시대 때의 다이묘인 우라가미 무네카게浦上宗景가 지은 산성.

지 스물한 해가 되니 가엾이 여겨 염불이나 외워 주길 바라오.

시주施主 아이다 촌英田村 긴사쿠의 모母

군데군데 벗겨져 읽을 수 없는 곳도 있었는데 덴몬에이로쿠天文永綠 무렵이라면 오스기에게도 아득한 옛날이었다. 그 무렵, 이 일대의 아이다와 사누모讚甘, 가쓰다勝田의 여러 고을은 아마코尼子氏 씨의 침략을 받아 우라가미 일족이 여러 성에서 패퇴하는 운명을 맞고 있었다. 오스기가 어렸을 무렵의 기억에도 밤낮으로 성이 불타는 연기로 하늘이 새카맣고 밭과 길가, 그리고 농가가 있는 근처에까지 병마의 시체가 며칠이고 버려져 있었다.

긴사쿠라는 열여섯 살 난 아들을 싸움터에 보내고 그 후로 다시 보지 못하게 된 모친은 이십일 년이 지난 뒤에도 그 슬픔을 잊지 못해서 아들의 명복을 빌면서 각지를 헤매며 죽은 아들의 공양에 정성을 다한 것처럼 보였다.

"그럴 테지."

마타하치 같은 아들이 있는 오스기는 같은 어머니로서 그녀의 심정을 뼈에 사무치도록 잘 알 듯했다.

"나무아미타불……."

오스기는 바위의 벽을 향해 합장을 하고 눈물을 흘렸다. 그렇게 한동안 눈물을 흘리다 정신을 차리고 보니 눈물을 흘리며 합장을 하고 있던 자신의 아래에 오츠의 얼굴이 있었다. 오츠는 아침 햇살이 비치는 것도 모르고 차가운 시신이 되어 누워 있었다. 오스기는 무슨 생각이 들었는지 갑자기 오츠의 몸을 끌어안고 울부짖었다.

"오츠야, 미안하다. 내가 잘못했다. 용, 용서해 다오……."

그녀의 얼굴에는 참회의 기색이 가득 흘러넘쳤다.

"참으로 무섭구나. 자식 때문에 눈이 어두워진다는 게 바로 이것을 두고 하는 말이구나. 내 자식이 귀여운 나머지 남의 자식에게 이리 잔혹하게 굴었구나. 오츠야, 네게도 부모가 있을 텐데, 네 부모가 본다면 내가 바로 자식의 원수가 아니냐! 아아, 내가 나찰이나 야차로 보였을 게로구나."

오스기의 목소리가 동굴 안에 울려 퍼지다 다시 그녀의 귀로 되돌아왔다. 동굴 안에는 사람도 없고 세상의 눈도 없었다. 있는 것이라고는 오직 어둠, 아니 보리의 빛뿐이었다.

"돌이켜 보면, 그런 나찰과 야차 같던 나를 너는 그리 오랫동안 원망도 하지 않고 나를 구하려 이 동굴까지…… 이제 생각하니 네 마음이 진실이었구나. 그런 것도 모르고 나는 나쁘게만 받아들이고 원수로 여긴 것은 모두 내 마음이 비뚤어져 있었기 때문이구나. 용서해 다오, 오츠야."

오스기는 안아 올린 오츠의 얼굴에 자신의 얼굴을 대고 다시 외쳤다.

"이처럼 마음 착한 아이가 어디 있을까. 오츠야, 다시 한 번 눈을 뜨고 이 할미가 용서를 비는 것을 봐다오. 다시 한 번 입을 열고 나를 마음껏 욕해다오. 오츠야!"

오츠에게 용서를 구하는 그녀는 지금까지 자신이 저지른 일들이 떠오르자 가슴이 미어지는 듯했다.

"용서해다오, 용서하거라."

오스기는 오츠의 등에 얼굴을 묻고 흐느끼면서 그대로 함께 죽으려는 생각까지 했다.

"아니다. 이러고 있지 말고 빨리 손을 쓰면 다시 살아날지도 모른다. 아직 앞날이 창창한 오츠가 아닌가……."

오스기는 오츠를 무릎에서 내려놓고 비틀거리며 동굴 밖으로 뛰어나갔다.

"앗!"

갑자기 아침 햇살을 받자 눈앞이 아득해졌는지 두 손으로 얼굴을 가리며 소리쳤다.

"마을 사람들이다!"

그녀는 소리를 지르며 뛰기 시작했다.

"마을 사람들, 이리 좀 와 주구려."

그러자 삼나무 저편에서 사람들 소리가 들리더니 누군가 소리치는 자가 있었다.

"계신다. 저기 할머님이 무사하시다."

혼이덴가의 일가친척 십여 명이었다. 어젯밤 사요 강 강가에서 피투성이가 되어 도망친 자가 사태의 급박함을 알리자 밤새 퍼붓는 비를 무릅쓰고 오스기가 있는 곳을 찾으러 나온 사람들인 듯했다. 모두들

도롱이를 걸치고 방금 물에서 나온 것처럼 모두 흠뻑 젖어 있었다.

"아, 할머님."

"무사하셨군요."

달려온 사람들이 안도하며 양옆에서 걱정을 해도 오스기는 조금도 기뻐하지 않고 말했다.

"나는 아무래도 상관없으니 속히 저 동굴 안에 있는 여인을 구하게. 살려야 하네. 정신을 잃고 나서 시간이 많이 지났으니 빨리 손을 쓰지 않으면, 빨리 약을 쓰지 않으면……."

오스기는 비몽사몽간에 저편을 가리키며 잘 돌아가지 않는 혀로 그렇게 말하더니 얼굴 가득 비통한 눈물을 흘렸다.

고쿠라 행

다음 해인 게이초慶長 십칠년 사월로 접어들었을 무렵의 일이었다. 센슈泉州의 사카이 항구에서는 그날도 아카마가세키를 오가는 배가 승객과 짐을 받고 있었다. 고바야시 다로자에몬의 상점에서 쉬고 있던 무사시는 곧 배가 출발한다는 기별을 받고 의자에서 일어나며 전송하는 사람들에게 인사를 하고 밖으로 나왔다.

"그럼."

"그럼 안녕히……."

전송을 하는 사람들은 모두 이렇게 말하며 무사시를 둘러싸고 배가 정박해 있는 강가까지 걸어갔다. 혼아미 고에쓰의 얼굴도 보였다. 하이야 쇼유는 병으로 인해 올 수 없었지만 아들인 쇼에키紹益가 와 있었다. 쇼에키는 새로 맞은 아내와 함께였는데 무척 아름다운 용모로 사람의 눈길을 끌었다.

"저건 요시노가 아닌가?"

"야나기마치의?"

"그래. 오기야扇屋의 요시노."

사람들은 소매를 잡아끌며 수군거렸다.

"제 처입니다."

쇼에키는 무사시에게 아내를 소개했지만 예전의 그 요시노라고는 소개하지 않았다. 무사시는 처음 보는 얼굴이었다. 오기야의 요시노라면 눈 내리던 밤, 모란 장작으로 불을 지피며 무사시 일행을 대접한 적이 있었고 그녀의 비파 소리는 아직도 기억하고 있었다. 하지만 무사시가 알고 있는 그 요시노는 초대 요시노였고 쇼에키의 아내는 이대 째 요시노였다.

꽃이 지고 다시 피듯 유곽의 세월도 빠르게 흘러갔다. 그날 밤의 눈도, 모란 장작의 불꽃도 이제는 꿈인 것만 같았다. 그때의 초대 요시노도 지금은 어딘가에서 누군가의 아내가 되어 있는지, 아니면 홀로 고독하게 지내는지 소문도 들을 수 없고 아는 사람도 없었다.

"세월 참 빠릅니다. 처음 만났을 때가 바로 엊그제 같은데 벌써 칠팔 년이 지났소이다."

고에쓰가 배가 있는 곳까지 걸어오며 무심히 말했다.

"팔 년."

무사시도 사뭇 세월의 무상함을 느끼며 오늘의 뱃길이 어쩐지 인생의 한 전기轉機처럼도 여겨졌다.

이날 이곳에서 무사시를 전송한 사람들 중에는 묘심사 구도 화상 문하에 있는 혼이덴 마타하치, 교토 호소가와가의 무사 두세 명도 있었다. 또 가라스마루 미쓰히로 경을 대신해서 시종을 데리고 온 공경 무사들 일행, 그리고 반년 정도 교토에 머무는 동안 이래저래 알게 된 사람과 무사시가 아무리 거절해도 그의 인간됨과 검을 흠모하여 그를 스승이라 부르는 이삼십 명 무리가 있었는데, 무사시로서는 다소 거북스런 마음이 들 정도로 많은 사람들이 그를 전송하기 위해 나와 있었다. 그래서 무사시는 오히려 이야기를 나누고 싶은 사람과는 이야기를 나눌 틈도 없이 배에 오르고 말았다.

행선지는 부젠의 고쿠라였다. 그것은 호소가와가의 나가오카 사도의 중재로 사사키 고지로와 여러 해 전에 약속했던 시합을 하기 위해서였다. 이 시합이 마침내 이루어지기까지는 번의 노신인 나가오카 사도의 분주한 움직임과 서신을 통한 교섭이 있었다. 무사시가 작년 가을부터 교토의 혼아미 고에쓰의 집에 머물고 있다는 사실이 알려지고 나서도 거의 반년이나 걸려 간신히 결정된 일이었다.

간류 사사키 고지로와 일생을 건 시합을 피할 수 없다는 것은 무사시도 이전부터 알고 있었던 일이었다. 그리고 마침내 그날이 온 것이었다. 하지만 무사시는 자신이 이렇게 사람들의 요란한 전송을 받으며 시합에 임하리라고는 상상조차 하지 못했었다. 오늘의 출발도 그러했다. 이렇게 성대한 전송을 받는 것이 어불성설이라고 여겨졌다. 무사시는 두려웠다. 사람들의 호의에 대해서는 예의를 차리고 있지만 그런 사람들의 기대가 자칫 경박한 인기로 변질되는 것을 두려워하고 있었다. 자신은 범부에 지나지 않는데 자칫 스스로 우쭐해질 수도 있었다.

이번 시합에 있어서도 그러했다. 이런 절박한 날을 대체 어느 누가 바라고 있을까? 생각해 보면 고지로 역시 그럴 것이고 자신도 그러했다. 오히려 주변 사람들이 그것을 바라고 있었다. 항상 두 사람을 비교하고 맞서게 하고는 세상이 먼저 흥미와 기대를 가지고 시합하는 것을 보고 싶어 했다. 소문은 '시합을 할 것 같다'에서 '시합한다'로 바뀌더니 종국에는 시합 날짜까지 거론하고 있었다.

무사시는 세간의 입방아에 오르내리는 대상이 된 것을 속으로 후회하고 있었다. 예전에는 명성을 떨치고 싶었지만 지금은 결코 그런 것을 원하지 않았다. 행行과 수련의 합치를 위해 오히려 침잠과 묵상을 원하고 있었다. 구도 화상의 계몽을 받고 난 후에는 도업의 생애가 얼마나 먼 길인지 무사시는 더욱 통감하고 있었다.

'그렇지만…….'

무사시는 세상의 은혜에 대해 생각했다. 살아 있다는 것, 그것은 이미 세상의 은혜였다. 오늘, 떠나는 길에 입고 있는 검은 옷은 고에쓰의 모친이 손수 바느질을 해서 지어 준 것이었다. 손에 든 새 삿갓과 짚신, 그 외 모두 세상 사람들의 정이 담긴 물건이 아닌 것이 없었다. 본디 농사를 짓거나 천을 짜지도 못하며 농부들이 땀 흘려 수확한 곡식으로 끼니를 때우는 자신은 바로 세상의 은혜로 살아가고 있었다.

'그 은혜에 어찌 보답을 할 수 있을까!'

그것을 깨달은 순간, 무사시는 세상에 대해 경외심을 가질지언정 성가시게 여기는 것은 주제넘은 짓이라는 사실을 잘 알고 있었다. 그러나 그런 호의가 지나치게 자신의 진가를 과대 포장 했을 때, 무사시는 세상이 무서워지지 않을 수 없었다.

배를 묶어 두었던 밧줄이 풀리자 무사시는 배에 올랐다. 남겨진 사람들이 작별의 인사를 하자 푸른 하늘 아래 커다란 돛이 활짝 날개를 펼쳤다. 그런데 배가 떠난 뒤에 뒤늦게 달려온 나그네가 있었다.

"늦었구나!"

방금 항구를 떠난 배가 저편으로 보이는데 간발의 차로 배를 놓치고만 젊은이는 발을 구르며 연신 안타까워했다.

"이럴 줄 알았으면 잠을 자지 않고 오는 거였는데."

잡을 수 없는 배를 바라보고 있는 눈에는 배를 타지 못한 아쉬움만이 아닌 훨씬 더 절실한 원통함이 서려 있었다.

"혹시, 곤노스케 님이 아니신지요?"

곤노스케와 똑같이 배가 떠난 뒤에도 여전히 그곳에 서 있던 사람들 중에서 고에쓰가 그를 보고 다가가서 말을 걸었다. 곤노스케는 손에 들고 있던 봉을 옆구리에 끼고 돌아보았다.

"아니, 선생님은?"

"언젠가 가와치河內의 금강사에서 뵌 적이 있는……."

"맞습니다. 잊지 않으셨군요, 혼아미 고에쓰 님."

"무사하신 모습을 보니 정말 반갑소이다. 실은 어렴풋이 소식을 듣고 걱정을 하고 있었습니다."

"누구에게서 들으셨는지요?"

"무사시 님께요."

"스승님한테서요? 아니 어떻게 알고 계셨을까?"

"선생이 구도 산 무리에게 첩자의 혐의를 받아 해를 입었을지도 모른다는 소식은 고쿠라 쪽에서 들었습니다. 호소가와가의 노신인 나가오카 사도 님의 서신 등으로 말입니다."

"그렇다 해도 고에쓰 님께서 어떻게 그 사실을?"

"오늘 떠나시기 바로 전까지 무사시 님은 제 집에 머물고 있었습니다. 무사시 님의 거처를 고쿠라에서도 알게 되어 서신이 오가는 동안 이오리도 지금은 나가오카가에 있다고 합니다."

"그럼 이오리는 무사합니까?"

곤노스케는 지금 처음 그 사실을 알았다는 듯 얼떨떨한 표정을 지었다.

"이곳에서 이러지 말고."

고에쓰를 따라 근처 주막에 들어가서 서로 이야기를 하다 보니 곤노스케가 의외라고 생각하는 것도 당연한 일이었다. 구도 산의 겟소 덴신, 즉 유키무라는 그때 곤노스케를 한 번 보더니 이내 곤노스케의 인간됨을 알아차렸다. 그러고는 부하의 과실을 나무라며 그 자리에서 사죄를 하며 풀어 주었고 곤노스케는 오히려 한 사람의 지기를 얻는 전화위복이 되었다.

그 뒤, 기이紀伊 너머의 낭떠러지에 떨어진 이오리를 유키무라의 부하들과도 함께 찾아보았지만 오늘까지 생사조차 알 수 없었던 것이다. 낭떠러지 아래에 시체가 보이지 않아 살아 있다고 확신은 하고 있었지만 스승인 무사시를 볼 면목이 없어 이오리를 찾으러 긴키 지방을 찾아 헤매고 있었다.

그러던 중 우연히 머잖아 무사시와 호소가와가의 간류가 일전을 겨룬다는 항간의 소문을 듣고 무사시가 교토 근방에 있으리라 생각했지만 스승을 볼 낯이 없어 곤노스케는 더 열심히 이오리를 찾기 위해 애썼다. 그런데 무사시가 드디어 고쿠라로 출발한다는 말을 어제 구도 산에서 듣고 무사시를 만나기 위해 길을 서둘러 왔지만 떠나는 시간을 정확히 알지 못했기 때문에 한발 늦고 만 것이었다. 고에쓰가 위로를 하며 말했다.

"그리 원통해하실 필요는 없습니다. 다음 배편은 며칠 후이지만 육로로 좇아간다면 고쿠라에서 무사시 님과 만날 수도 있고, 나가오카가를 찾아가서 이오리를 만날 수도 있으니까요."

"그렇지 않아도 바로 육로로 갈 생각입니다만, 고쿠라에 도착할 동안만이라도 스승님의 시중을 들어 드리고 싶었던 것입니다. 더욱이 이번 길은 아마 스승님께 있어서도 일생일대의 중대사라 생각합니다. 평소 수행에만 전념하는 분이라 만에 하나라도 간류에게 패하시는 일은 없을 것이지만 승패는 알 수 없는 일입니다. 사람의 힘을 초월한 무언가가 작용하는 것이 승패의 운이자 또 병가지상사兵家之常事이니 말입니다."

"허나, 침착한 모습을 보니 자신이 있는 듯합니다. 너무 걱정하지 마십시오."

"그리 생각은 합니다만, 들은 바에 의하면 사사키라는 자는 보기 드문 검의 귀재인 듯합니다. 특히 호소가와가에 들어간 후로는 아침저녁으로 스스로 경계하며 수련에 여념이 없다고 들었습니다."

"교만한 천재와 평범한 자질을 꾸준히 갈고닦은 사람과 어느 쪽이 이기는가 하는 시합이군요."

"무사시 님도 평범한 분은 아닙니다만."

"무사시 님은 분명 타고난 천재는 아닐 것이나 자신의 자질에 의지하지 않습니다. 그분은 자신의 평범함을 알고 있기 때문에 끊임없이 연마하고 있습니다. 다른 사람들 모르게 고뇌를 하고 있습니다. 그것이 어느 순간 빛을 발하면 사람들은 흔히 하늘이 내린 재능이라 합니다. 하지만 그것은 노력하지 않는 사람이 자신의 게으름을 달래기 위해 그렇게 말하는 것입니다."

"지당한 말씀입니다."

곤노스케는 마치 자신에게 하는 말처럼 여겨졌다. 그리고 그런 고에쓰의 넙데데한 옆얼굴을 바라보며 그 역시 그런 사람일지 모른다고 생각했다. 보기에는 세상을 벗어나 한가로이 지나는 사람 같았다. 그러나 지극히 온순한 눈동자도 일단 그가 잉태하는 예술로 몰입했을 때의 눈동자는 지금과 같지 않을 것이라고 여겨졌다.

"고에쓰 님, 그만 돌아가시지요."

그때, 법의를 몸에 두른 젊은 사내가 주막 안을 기웃거리며 말했다.

"오, 마타하치 님이군."

고에쓰가 탁자에서 일어나며 곤노스케에게 말했다.

"이만 일행이 기다리고 있어서……."

곤노스케도 함께 일어났다.

"어디, 오사카까지 가십니까?"

"예. 시간에 맞는다면 밤 배편으로라도 요도 강을 타고 돌아가려고 합니다."

"그럼 오사카까지 함께 가시지요."

곤노스케는 곧장 육로로 부젠의 고쿠라까지 갈 생각인 듯했다. 젊은 아내를 동반한 하이유의 아들과 호소가와 번의 시종들, 그리고 다른 사람들도 각기 한 무리가 되어 같은 길을 앞서거니 뒤서거니 걸어갔다. 마타하치의 이야기가 화제에 오르기도 했다.

"부디 무사시가 잘해야 할 텐데. 사사키 고지로도 대단한 실력을 가진 상대이니……."

고지로의 무서움을 잘 알고 있는 마타하치는 때때로 걱정스러운 듯 중얼거렸다.

해질녘, 세 사람은 혼잡한 오사카 거리를 걷고 있었는데 어느 틈엔가 마타하치의 모습이 보이지 않았다.

"어디 갔지?"

고에쓰와 곤노스케가 길을 되돌아가서 해질녘 거리에서 마타하치의 모습을 찾아보았다. 마타하치는 어느 다리 기슭에 우두커니 서 있었다.

'대체 뭘 보고 있는 걸까?'

두 사람이 이상하게 여기며 마타하치의 모습을 멀리서 지켜보고 있자니 마타하치는 강가에서 솥과 채소, 쌀 등을 씻고 있는 이 부근에 사는 아낙들을 물끄러미 보고 있는 듯했다.

"아무래도 심상치 않은 모습이군."

멀리서도 예사롭지 않은 얼굴 표정을 알아볼 수 있었던 두 사람은 잠시 말을 걸지 않고 그대로 내버려 둔 채 기다렸다.

"아, 아케미다. 아케미가 틀림없다."

마타하치는 홀로 그곳에 우두커니 서서 신음 소리를 흘렸다. 강가의 아낙들 가운데 아케미의 모습을 발견한 것이었다. 우연이라는 생각이 들었으나 우연만은 아니라는 생각이 한층 강했다. 한때 비록 거짓이었지만 에도의 시바芝에서 자신의 아내라고 불렸던 여자였다. 당시에는 전생에 인연이 깊은 사람이라고 전혀 생각하지 않았지만 시간이 흐르고 불가의 귀의한 뒤로는 그런 장난과도 같았던 일들이 모두 업보로 여겨졌다.

아케미의 모습은 많이 변해 있었다. 그 변한 모습을 지나가던 다리 위에서 얼핏 보고 가슴이 철렁하는 사람은 아마 자신밖에 없으리라 여겨졌다. 사람의 인연은 같은 땅 위에서 숨 쉬고 있는 이상, 언젠가는 이렇게 만나게 정해져 있었다. 그것은 우연이 아니었다. 전혀 딴판으로 변한 아케미는 불과 일 년 전의 자태를 찾아볼 수 없었다. 때 묻은 포대기를 한 등에는 두 살배기 아기가 업혀 있었다.

'아케미가 낳은 아이?'

마타하치에게는 그것이 가장 큰 충격인 듯했다. 아케미는 얼굴도 몰라볼 만큼 여위었다. 게다가 먼지가 뽀얗게 앉은 머리를 묶고는 초라한 무명옷에 무거운 광주리를 팔에 끼고 수다스러운 아낙네들의 비웃음 속에서 물건을 팔기 위해 허리를 굽실거리고 있었다. 광주리 안에는 다 팔지 못한 해초나 대합, 전복 따위가 남아 있었다. 등에 업은 아이가 가끔 울면 광주리를 내려놓고 달래다 울음을 그치면 아낙네들에게 물건을 팔아 달라고 애걸했다.

'저 애기는?'

마타하치는 두 손으로 자신의 볼을 꽉 눌렀다. 속으로 달수를 헤아려 보았다. 두 살이라면 에도에서 살던 때였다. 그것이 맞는다면 스기야數奇屋 다리의 들판에서 봉행소의 관인에게 가는 대나무로 형벌을 받고 각각 서쪽과 동쪽으로 쫓겨나던 그때, 이미 그녀의 몸 안에 저 아이가 있었던 것이었다.

"……."

저물녘의 아스라한 햇살이 강물에 반사되어 마타하치의 얼굴에서 일렁거려 눈물처럼 보였다. 마타하치는 뒤편에서 사람들이 분주히 지나가는 것도 잊고 있었다. 이윽고 아무것도 모르는 아케미가 팔지 못한 광주리의 물건을 팔에 걸고 타박타박 강가 앞으로 걸어가는 모습을 본 마타하치가 느닷없이 외쳤다.

"아케미!"

마타하치가 손을 흔들며 뛰어가려는 순간, 고에쓰와 곤노스케가 달려가서 마타하치를 불렀다.

"마타하치 님, 왜 그러시오? 대체 무슨 일입니까?"

마타하치는 깜짝 놀라 뒤를 돌아다보고는 그들에게 걱정을 끼쳤음을 비로소 깨달았다.

"죄송합니다. 실은……."

그렇게 말은 꺼냈지만 사실을 털어놓기에는 자리도 적당하지 않았고 이야기를 한다 해도 이해하지 못할 듯싶었다. 무엇보다 갑자기 가슴속에 든 우발심은 그 자신도 어떻게 설명할 수가 없었다. 마타하치는 복잡한 심경으로 간략하게 설명했다.

"좀, 사정이 있어서 갑자기 환속을 결심했습니다. 아직 구도 스님께 진정한 가르침을 받지 않은 몸이라 환속을 했다는 말도 어울리지 않을 듯싶습니다만."

"환속을 하다니?"

마타하치는 자신이 조리 있게 말하고 있는 듯 여겼지만 듣는 사람의 입장에서는 뜬금없는 말에 지나지 않았다.

"대체 무슨 사정이시오? 아무래도 표정이 심상치 않아 보이는데."

"자세한 일은 말씀드릴 수 없고 말한다 해도 남이 들으면 비웃을 것입니다만, 예전에 함께 살던 여인을 저기서 만났습니다."

"아하, 예전의 여인을."

두 사람은 어이없어 했지만 마타하치는 한없이 진지했다.

"그렇습니다. 그 여인이 어린아이를 업고 있었는데 달수로 따져 보니 아무래도 제 아이가 틀림없습니다."

"정말이오?"

"아이를 업고 강가에서 물건을 팔고 있었습니다."

"잠깐, 마음을 가다듬고 잘 생각해 보시오. 언제 헤어진 여인인지 모르나 정말 자신의 자식인지 아닌지."

"의심해 볼 여지도 없습니다. 어느 틈엔가 저는 아비가 된 것입니다. 몰랐습니다. 면목이 없습니다. 갑자기 가슴이 죄어 오듯 아픕니다. 전 그녀가 그런 비참한 생활을 하게 내버려 둘 수 없습니다. 또 자식에 대해 아비의 책임을 다하지 않으면 안 됩니다."

"……."

고에쓰는 곤노스케와 얼굴을 마주 보다가 다소 불안한 듯 중얼거렸다.

"그렇다면 터무니없는 이야기는 아닌 듯한데."

마타하치는 법의를 벗어 염주와 함께 고에쓰에게 맡기며 말했다.

"정말 죄송하지만 이것을 묘심사의 구도 스님께 돌려주셨으면 합니다. 그리고 죄송합니다만 제 뜻과 함께 저는 오사카에서 아버지가 되어 일을 하겠다고 전해 주시길 바랍니다."

"괜찮겠소? 그런 일로 이것을 돌려드려도?"

"스님께서는 항상 제게 말씀하셨습니다. 속세로 돌아가고 싶으면 언제든 가라고."

"흐음……."

"또 수행은 절에서만 할 수 있는 일은 아니며 속세에서의 수행이 더 어렵고, 더럽고 불결하다고 해서 절에 들어와 깨끗한 척하는 자보다 거짓과 다툼과 미혹 등 온갖 추악함 속에 살면서도 물들지 않는 수행이야말로 참된 수행이라고 말씀하셨습니다."

"흠, 과연……."

"이미 일 년이 넘도록 곁에서 모시고 있지만 제겐 아직 법명도 내려주시지 않고 마타하치라고 부르십니다. 나중에 또 언제고 제가 감당할 수 없는 일이 생기면 스님께 달려가겠습니다. 그러니 부디 그렇게 전해 주십시오."

말을 마친 마타하치는 강가로 달려 내려가 저녁 안개에 싸여 희미하게 보이는 그림자를 쫓아갔다.

기다리는 사람

저물녘 한 조각 붉은 구름이 깃발처럼 나부끼고 있었다. 바닷속을 헤엄쳐 다니는 물고기들이 훤히 들여다보일 정도로 잔잔한 수면과 하늘은 한없이 청아했다. 낮부터 시카마 포구의 하구에는 작은 배 한 척이 매여 있었는데 이윽고 서서히 내리는 땅거미 아래, 그 배에서 밥을 짓는 연기가 고즈넉하게 피어올랐다.

"바람이 차가워졌는데 춥지는 않느냐?"

오스기는 흙으로 만든 풍로에 장작을 꺾어 지피며 말했다. 이엉 뒤편에는 사공의 아내로 보이지 않는 가녀린 병자가 목침을 베고 하얀 얼굴을 반쯤 이불로 가린 채 누워 있었다.

"아니요."

병자는 머리를 희미하게 가로젓더니 이내 몸을 조금 일으켜서 죽을 쑤기 위해 쌀을 씻어서 풍로에 얹고 있는 노파에게 말했다.

"할머님이야말로 아까부터 감기 기운이 있으시잖아요? 이젠 저 때문에 너무 걱정하지 마시고……."

오스기가 뒤를 돌아다보고 다정하게 말했다.

"아니다. 오히려 네가 그동안 얼마나 마음고생을 했겠느냐. 오츠야, 머잖아 기다리는 사람이 탄 배가 올 테니 죽이라도 먹고 기운을 차리고서 기다리도록 해라."

"고맙습니다."

오츠는 갑자기 눈물이 앞을 가려 이엉 뒤편에서 바다 쪽을 바라보았다. 문어잡이 배와 화물선이 몇 척 보였지만 그녀가 기다리는 사카이 항구에서 출발해 부젠을 오가는 배는 아직 돛의 그림자조차 보이지 않았다.

"……."

오스기는 냄비를 걸고 아궁이를 들여다보고 있었다. 곧 죽이 보글보글 끓기 시작했다. 구름이 조금씩 검어지고 있었다.

"정말 늦는구나. 늦어도 저녁때까지는 도착할 것인데."

오스기는 파도도 심하지 않고 바람도 잔잔한데 기다리는 배가 좀처럼 보이지 않자 마음을 졸이며 연신 먼바다 쪽을 바라보며 혼잣말로 중얼거렸다.

이날 저녁, 이곳에 들를 예정인 배는 바로 어제 사카이 항구를 떠난 다로자에몬의 배였고 그 배에는 고쿠라로 가는 무사시가 타고 있다는 소문이 산요 가도에 파다하게 퍼져 있었다. 그 소문을 들은 히메지 성의 아오키 단자에몬의 아들인 조타로는 곧 심부름꾼을 보내 사누모의 혼이덴가에 알렸다. 그 소식을 들은 오스기는 이내 오츠가 병을 치료하고 있는 칠보사로 달려갔다.

작년 가을 끝자락의 폭풍우가 치던 밤, 사요 산의 동굴로 오스기를 구하러 갔다가 오히려 그녀에게 몰매를 맞고 실신한 오츠는 의식은 본래대로 돌아왔지만 몸은 전과 같지 않다.

“용서해다오. 네 속이 시원해질 때까지 나를 욕하려무나.”

오스기는 그 후로 오츠를 볼 때마다 참회의 눈물을 흘리며 말했다. 오츠는 오히려 그런 오스기의 모습에 송구스러워하며 자신은 예전부터 이렇게 지병을 가지고 있었고 그녀 때문이 아니라고 위로했다. 사실, 오츠는 예전부터 지병이 있었다. 몇 년 전, 교토의 가라스마루 미쓰히로의 저택에 있던 무렵에도 몇 달 동안 병석에 누워 있던 적이 있었는데 그때와 용태가 매우 비슷했다. 저녁때가 되면 미열이 나고 잔기침이 났다. 몸은 눈에 띄게 여위어 갔음에도 오히려 평소의 고운 자태는 한층 애절한 아름다움이 깊어져 보는 사람들의 마음을 더욱 슬프게 했다.

하지만 그녀의 눈동자는 항상 기쁨과 희망으로 가득 차 있었다. 기쁜 일은 오스기가 자신의 마음을 알아주었을 뿐 아니라 무사시를 비롯해 다른 모든 사람들에게 한 자신의 잘못을 깨닫고 마치 다시 태어난 것처럼 착한 사람으로 변한 것이었다. 또 살아가는 희망이 생긴 것은 머지않아 그토록 찾아 헤매던 사람을 만날 수 있다는 마음이 들었기 때문이었다. 오스기 역시 그날 이후로 오츠에게 말하곤 했다.

"이제까지의 내 죄와 오해로 인해 너를 불행하게 만든 사죄의 뜻으로 내가 무사시에게 무릎 꿇고 빌어서라도 너를 부탁하겠다."

그리고 일족들에게는 말할 것도 없고 마을 사람들에게도 오츠와 마타하치가 나눈 옛 혼약은 깨끗이 파기하고 앞으로 오츠의 남편이 될 이는 꼭 무사시라야만 된다고 자신의 입으로 말할 정도였다.

무사시의 누나인 오긴은 오스기가 오츠를 불러내기 위해 사요 촌 근처에 있는 것처럼 말했지만 사실은 무사시가 떠난 뒤, 하리마播磨에 있는 친척 집에 잠시 몸을 의탁했다가 다른 곳으로 떠난 이후로 소식을 알지 못했다. 그래서 오츠는 칠보사로 돌아온 이후로 이전부터 그러했듯 오스기와 친밀하게 지냈다. 오스기 역시 매일 밤 칠보사로 병문안을 가서 약과 밥은 잘 먹고 있는지 기분은 어떤지 세심하게 마음을 쓰며 돌보고 용기를 북돋아 주었다. 또 어떤 때는 만약 그날 동굴에서 오츠가 그대로 살아나지 못했다면 자신도 그 자리에서 죽을 마음이었다고까지 했다.

변덕이 심한 사람이었으므로 오츠도 처음에는 언제 태도가 바뀔지 몰라 불안한 마음이 들기도 했지만 시간이 지날수록 오스기의 진심은 더 깊어지고 세심해지기만 했다. 어떨 때는 오츠 자신도 저렇게 좋은 분인 줄 몰랐다며 예전의 오스기와 같은 사람이라고 여겨지지 않을 정도였다. 혼이덴가의 일족들과 마을 사람들도 모두 어떻게 저렇게 변했을까 하고 놀랄 정도였다.

그중에서 누구보다 행복이 무엇인지 알게 된 이는 오스기 자신이었다. 주위 사람들이 자신을 대하는 태도가 예전과는 완전히 달라졌기 때문이었다. 사람들을 반갑게 맞이하고 그들 또한 반갑게 그녀를 맞아 주었다. 오스기는 어진 노인으로 존경받는 행복을 예순이 넘어 비로소 알게 되었다.

어느 날, 마을 사람이 오스기에게 요즘 얼굴까지 예뻐진 듯하다고 솔직하게 말하자 오스기는 슬쩍 거울을 꺼내더니 자신의 모습을 한참 동안 바라본 적도 있었다. 오스기는 세월이 흐른 것을 몸에 사무치도록 느꼈다. 고향을 떠났던 무렵에는 아직 반이나 넘게 있었던 검은 머리카락은 한 올도 남지 않고 완전히 새하얗게 변해 있었다. 마음과 얼굴이 모두 순백의 하얀색으로 변한 자신의 모습이 눈에 비쳤다.

무사시의 소식을 들으면 곧 알려 주겠다던 히메지의 조타로로부터 무사시가 초하룻날 사카이를 떠나는 다로자에몬의 배편으로 고쿠라로 간다는 소식을 들은 오츠는 어떻게 할 것이냐는 물음에 가겠다는 뜻을 밝혔다. 늘 저녁이 되면 미열이 나서 이불 속에 누워 있었지만 걷지 못할 정도의 병은 아니었다. 오츠는 이내 칠보사를 출발했고 오스기가 동행해서 아오키 단자에몬의 집에서 하룻밤을 묵을 때 단자에몬이 말했다.

"부젠을 내왕하는 연락선이라면 시카마에 반드시 들를 터. 하룻밤은 짐을 내리느라 정박할 것이오. 번의 사람들도 마중을 나갈 테지만 그대들은 남의 눈에 띄지 않도록 하구의 작은 배에 있는 게 좋을 것이오. 두 사람이 만날 기회는 우리 부자가 꼭 만들도록 하겠소."

그렇게 그날 점심 무렵에 시카마 포구에 도착해서 하구에 있는 배에서 오츠를 쉬게 했다. 그리고 오츠의 유모 집에서 이것저것 물건을 가져와 다로자에몬의 배가 들어오는 걸 학수고대하며 기다리고 있었다.

마침 유모가 사는 염색집 울타리 근처에는 얼마 전부터 히메지 번의 사람들 스무 명 정도가 무사시를 만나 그가 어떤 사람인지 알아보기 위해, 또 그의 장도를 축하하기 위해 연회 자리를 준비해 놓고 가마까지 대령해서 마중을 나와 있었다. 그 가운데에는 아오키 단자에몬과 조타로도 있었다. 또 히메지의 이케다가와 무사시는 그가 젊은 시절에 결코 가볍지 않은 인연이 있었다.

"당연히 그는 영광으로 알겠지."

마중을 나온 이케다가의 무사들은 모두 그렇게 여기고 있었고 단자에몬과 조타로 역시 그들과 같은 생각이었다. 하지만 오츠는 그들과 생각이 달랐다. 오츠는 무사시가 곤란해할지도 모른다고 생각해서 일부러 멀리 떨어진 하구의 작은 배에서 오스기와 기다리고 있었다. 그런데 어떻게 된 일인지 바다에 어둠이 내리고 붉은 저녁노을이 희미해져 검푸르러지기 시작해도 배는 보이지 않았다.

"우리가 늦은 걸까?"

누군가 사람들을 돌아보며 말했다.

"그럴 리가 없을 텐데."

마치 자신의 책임인 것처럼 대답한 이는 교토에서 무사시가 배편으로 초하룻날에 출발한다는 말을 듣자마자 달려온 무사였다.

"배가 떠나기 전에 사카이의 고바야시에게 사람을 보내 초하루에 출발한다는 것을 확인하고 왔는데……."

"오늘은 바람도 없는 잔잔한 바다라 그리 늦지 않을 테니 곧 보이겠지."

"바람이 없으니 여느 때와 속도가 다를 터, 늦는 건 그 때문이겠지."

서서 기다리다가 지쳐서 모래 위에 주저앉는 자도 있었다. 어느새 개밥바라기가 하리마 해협의 하늘가에 총총 떠 있었다.

"아, 왔다!"

"정말?"

"저기 돛이 희미하게……."

"그렇군."

사람들은 웅성거리며 부둣가로 무리를 지어 갔다. 조타로는 무리들 속에서 슬며시 빠져 나와 하구로 달려가서 이엉으로 엮은 배를 향해 큰 소리로 알렸다.

"오츠 님, 할머님. 무사시 님이 타고 계신 배가 보입니다."

오늘 저녁에 들어온다던 사카이의 다로자에몬의 배, 그토록 기다리던 무사시가 타고 있는 배가 바다 저편에 보인다는 말에 작은 배 안에 있던 오츠는 마음이 설렜다.

"배가 보인다고? 어디?"

"오츠야, 위험하다."

오스기는 당황해서 뱃전을 잡고 일어서려는 오츠를 끌어안고는 숨을 죽이며 함께 바라보았다.

"저 배인가?"

어둠이 내리는 잔잔한 바다 위에 별빛을 받으며 검은 돛을 활짝 편 한 척의 커다란 범선이 미끄러지듯 점점 두 사람의 눈 속으로 가까이 오고 있었다. 조타로가 기슭에 서서 손으로 가리키며 말했다.

"저 배다, 저 배!"

"조타로."

오스기는 손을 놓으면 그대로 밖으로 떨어질 듯한 오츠를 꼭 끌어안고서 외쳤다.

"미안하네만 노를 저어서 저 배 아래 가까이 가 주게. 한시라도 빨리 오츠를 무사시에게 데리고 가서 만나게 해 주고 싶네."

"아닙니다. 할머님, 그렇게 서둘러도 별 도리 없습니다. 지금 번의 사람들이 저기 강가에 서서 기다리고 계시는데 사공 한 명이 배를 가지고 무사시 님을 마중하러 갔습니다."

"그렇다면 더욱 서둘러야 하네. 남의 눈치만 보고 있다간 오츠를 만나게 해 줄 틈도 없을 거네. 번의 사람들이 둘러싸고 무사시를 데리고 가기 전에 어떻게든 먼저 만나게 해 주고 싶네."

"이거 난처하게 됐군."

"그러니 염색집에서 기다리는 편이 좋았는데, 자네가 번의 사람들 눈길을 염려해서 이처럼 작은 배에 숨어 있게 하여 이렇게 된 것이 아닌가."

"그렇지 않습니다. 중요한 일로 가시는 데 공연히 이상한 소문이 나면 안 되니 아버지께서 걱정하셔서 그렇게 한 것입니다. 그러니 아버지와 상의해서 나중에 틈을 봐서 무사시 님을 이곳에 데리고 올 테니 그때까지 여기서 기다려 주십시오."

"그럼 반드시 무사시를 이곳에 데리고 오겠는가?"

"무사시 님이 마중을 간 배에서 내리시면 염색집 마루에서 번의 사람들과 함께 쉬실 겁니다. 그사이에 잠깐 모시고 오겠습니다."

"기다리고 있을 테니 꼭 데리고 오게."

"예, 기다리고 계세요. 오츠 님도 그동안에 편히 쉬고 계시고요."

조타로는 그렇게 말하고 조바심이 나는지 서둘러 아까 있던 강가로 달려갔다. 오스기는 오츠를 이엉 뒤편의 자리로 데리고 가서 위로하며 말했다.

"누워 있거라."

오츠는 목침에 얼굴을 대고 한동안 흐느꼈다. 갑자기 몸을 움직인 것이 좋지 않았는지, 아니면 바다 냄새가 강한 탓이었는지 잔기침을 했다.

"또 기침을 하는구나."

오스기는 그녀의 세잔한 등을 문질러 주면서 기침을 멎게 해 줄 양으로 곧 무사시가 이곳에 올 거라고 말했다.

"할머님, 이제 아무렇지도 않아요. 고맙습니다. 할머님도 그만 쉬세요."

기침이 멎자 오츠는 헝클어진 머리를 쓸어 올리며 매무새를 다듬었다.

시간이 오래 흘렀지만 기다리는 사람은 좀처럼 오지 않았다. 오스기는 오츠를 배에 남겨 놓고 기슭으로 올라갔다. 조타로가 데리고 올 무사시를 그곳에 서서 기다리고 있는 눈치였다. 오츠도 무사시가 곧 이곳에 오리라는 생각을 하니 가슴이 뛰어 가만히 누워 있을 수 없는 듯했다. 목침과 침구를 구석에 밀어 놓고 옷깃을 여미고 허리끈을 고쳐 맸다. 사랑을 알게 된 열여덟 무렵의 두근거림이나 지금의 설렘이나 조금도 변한 것이 없는 듯했다.

작은 배의 뱃머리에는 화톳불이 걸려 있었다. 깜깜한 강어귀를 비추는 화톳불은 오츠의 가슴속에서도 빨갛게 피어오르고 있었다. 오츠는 어느덧 아픈 몸도 잊고 뱃전에서 하얀 손을 뻗어 빗을 적셔서 머리를 빗었다. 그리고 손바닥에 백분을 조금 녹여서 엷게 얼굴에 발랐다. 오츠는 문득 무사들이 깊은 잠을 자고 난 후나 몸이 다소 여의치 않을 때에 주군을 알현하러 나가거나 사람들을 만날 때는 그것을 감추기 위해 볼에 백분을 바른다는 말을 떠올렸다.

'무슨 말을 해야 하나?'

오츠는 무사시와 만났을 때가 걱정스러웠다. 이야기를 하자면 평생을 두고 해도 끝이 없을 것이었다. 하지만 늘 만나면 아무 말도 할 수 없었다. 때가 때인 만큼 무사시가 또 화를 내지 않을까 무섭기도 했다.

세상 사람들이 지켜보는 가운데 사사키 고지로와 시합을 하러 가는 길인만큼 그의 성품이나 신념으로 볼 때 아마 자신을 만나는 것이 그다지 달갑지는 않을 것이었다. 그런 만큼 오늘이 마지막이 될지도 몰랐다. 고지로에게 패하리라고는 생각하지 않았지만 이긴다는 보장은 어디에도 없었다. 세간에는 무사시가 강하다고 하는 사람과 고지로가 강하다는 사람이 반으로 갈려 있었다. 만약 오늘을 놓치고 다시는 이 세상에서 만나지 못하는 불행이 닥친다면 천추의 한을 남길 것이었다. '죽어서 하늘에선 비익조가 되고 땅에선 연리지가 되자'며 후세를 기약했던 현종의 한을 가슴속으로 되뇌며 울다 죽는다 한들 그 한을 다하지 못할 것이었다.

'뭐라 꾸중을 하시더라도…….'

오츠는 자신의 병이 가벼운 듯 행동하며 굳은 마음을 먹고 이곳에 왔지만, 막상 무사시를 만날 때가 닥쳐오자 가슴이 아플 정도로 두근거리고 무사시가 어떻게 생각할지 두려운 생각이 들어 만나서 무슨 말을 해야 할지 아무 생각도 나지 않았다.

기슭에 올라가서 서성거리는 오스기 역시 오늘 밤 무사시를 만나면 먼저 지난날의 원한이나 오해를 풀어 마음의 짐을 덜고 싶었다. 또 참회하는 뜻으로 무사시가 뭐라고 하든 오츠를 그에게 맡겨야 한다고 결심했다. 무릎을 꿇고 부탁하는 한이 있더라도 그렇게 하지 않으면 오츠에게 너무 죄스러웠다. 그렇게 홀로 생각하며 어둠 속에서 빛나는 수면을 바라보고 있는데 조타로 달려오며 불렀다.

"할머님이세요?"

"조타로, 기다리고 있었네. 무사시는 곧 이리 오는가?"

"할머니, 죄송합니다."

"죄송하다니?"

"어찌 된 일인지 들어보십시오."

"얘기는 나중에 들어도 되네. 대체 무사시는 이리 오는가, 안 오는가?"

"안 오십니다."

"뭐? 오지 않는다고?"

오스기는 망연히 그렇게 묻더니 오츠와 함께 낮부터 노심초사 기다리던 마음이 무너지는 듯 실망한 기색이 역력했다.

조타로는 난처한 표정으로 한참을 머뭇거리다 이윽고 자초지종을 설명했다. 실은 번의 무사들과 함께 무사시를 마중 간 배를 기다리고 있었는데 아무리 기다려도 소식도 없고 마중을 간 배도 오지 않았다. 하지만 다로자에몬의 배가 바다 저편에 정박하고 있었기 때문에 무슨 사정이 있어 늦어지는 것이려니 수군거리며 강가에 서 있었는데 이윽고 마중을 나간 배를 탄 사람이 되돌아오는 모습이 보였다.

모두 드디어 무사시가 배를 타고 오는구나 생각했는데 자세히 보니 배 위에 무사시의 모습이 보이지 않아 사공에게 물었더니 이번에는 시카마에서 배를 타는 손님도 없고 내릴 짐도 얼마 되지 않아 바다에서 기다리고 있던 사공에게 건네고 배는 곧 무로室 나루로 선회해서 간다고 했다. 그래서 마중을 간 자가 자신은 히메지 번의 가신인데 이번 배편에 미야모토 무사시라는 분이 타고 계실 터이니 하룻밤을 모시고자 많은 사람들이 강가에서 기다리고 있다며 잠시라도 내리시기를 청했다고 했다. 선장의 중재로 이윽고 무사시가 나와서 배를 대고 있는 자신에게 이렇게 말했다고 했다.

"호의는 감사하나 이번은 아시는 바와 같이 중대한 일로 고쿠라로 향하는 길이고, 또 배도 오늘 밤 안으로 무로 나루로 가야만 하니 너그러이 봐 달라고 전해 주시길 바라오."

이런 연유로 하는 수 없이 배를 돌려서 강기슭으로 돌아와서 경과를 보고를 하는 동안, 다로자에몬의 배는 다시 돛을 올리고 시카마 항구를 떠났다는 것이었다. 조타로는 이렇게 내막을 이야기하고 자신도 낙심천만이라는 듯 힘없이 말했다.

"번의 사람들도 어쩔 수 없는 일이라며 모두들 돌아갔습니다. 한데 저희는 어떻게 해야 좋을지요?"

"아니 그럼, 다로자에몬의 배는 벌써 이 포구를 떠나 무로 나루로 향했단 건가?"

"그렇습니다. 저기, 보이지 않습니까? 저기 모래톱 앞쪽 솔밭을 돌아 서쪽으로 가는 다로자에몬 배의 선미에 무사시 님이 서 계실지도 모릅니다."

"저 배로구만."

"참으로 애석합니다."

"조타로, 자네는 어찌 마중을 간 배에 같이 타고 가지 않았는가?"

"지금에 와서 그게 무슨 소용입니까?"

"바로 눈앞에서 배를 보고도 참으로 안타깝구먼. 오츠에게 뭐라고 말을 한단 말인가. 조타로, 내 입으로는 도저히 말할 수 없네. 자세한 내막을 자네가 말하게. 잘 말하지 않으면 오츠의 병이 더 나빠질지도 모르네."

조타로가 알리러 가지 않아도, 오스기가 괴로운 마음을 억누르며 알리지 않아도, 그곳에서 두 사람이 나누던 말소리는 배 안 이엉 뒤에서 귀를 기울이고 있던 오츠에게도 전해졌다. 뱃전에 와서 부딪히는 강 하구의 고즈넉한 파도 소리는 오츠의 가슴에도 밀려와 눈물이 흐르는 것을 멈출 수가 없었다. 그러나 오츠는 오늘 밤의 박복한 인연을 조타로나 오스기처럼 안타깝게 여기지 않았다.

'오늘 만나지 못하더라도 다른 날에는, 오늘 나누지 못한 이야기는 후일 다른 곳에서…….'

십 년에 걸친 오츠의 맹세는 결코 흔들리지 않았다. 오히려 무사시가 배에서 내리지 않은 심정을 너무나 잘 알 듯했다.

듣기로 간류 사사키 고지로라는 자는 이미 주고쿠의 규슈에 널리 그 이름이 알려진 검의 달인이이었다. 무사시를 상대로 자웅을 겨루고자 마음먹은 이상, 그 역시 필승의 신념을 다지고 있음에 틀림이 없었다. 아무리 무사시라고 해도 이번 규슈행은 결코 평온한 여행길이 아닐 것이었다. 오츠는 자신을 원망하기에 앞서 그렇게 생각했다. 그렇게 생각하기 때문에 오히려 더 하염없이 눈물이 앞을 가렸다.

"저 배, 저 배에 무사시 님이."

모래톱의 솔밭 끝에서 서쪽으로 가는 배의 돛을 바라보면서 오츠는 작은 뱃전에 몸을 기댄 채 하염없이 눈물을 흘리고 있었다.

그러다 문득 그녀는 저 깊은 곳에서 자신도 깨닫지 못하고 있던 강한 힘이 샘솟는 것을 느꼈다. 그것은 오랜 세월 동안 온갖 고난을 헤쳐 온 한줄기 굳센 의지였다. 보기에 한없이 가녀린 모습 어디에서 그런 강인한 의지가 감춰져 있었는지 의심스러울 만큼, 그녀의 얼굴에 발그스레하게 떠오르는 빛은 바로 그 의지의 발로임에 분명했다.

"할머님, 조타로!"

오츠는 갑자기 배에서 그들을 불렀다. 이내 두 사람이 다가오더니 뭐라고 말할지 망설이다가 조타로가 힘없는 목소리로 대답했다.

"오츠 님."

"들었습니다. 방금 두 분이 나누시는 말을 듣고 배의 사정으로 무사시 님이 오시지 못하게 된 것을……."

"들으셨습니까?"

"응, 이젠 어쩔 수 없는 일. 또 하염없이 슬퍼만 하고 있을 때도 아니야. 이렇게 된 이상, 곧장 고쿠라까지 가서 시합을 지켜보려고 해. 만일의 경우가 일어나지 않으리라고 어찌 장담을 할 수 있겠니. 그때에는 유골을 수습해서 돌아올 각오를 했어."

"그런 병든 몸으로 어찌."

"병든 몸……."

오츠는 자신이 병자라는 사실을 까맣게 잊고 있었다. 그러나 조타로가 아무리 주의를 줘도 그녀의 의지는 육신을 초월해서 강인한 신념 속에서 숨을 쉬고 있었다.

"너무 걱정하지 마. 이제 아무렇지도 않으니까. 아니, 시합의 결과를 끝까지 지켜보기까지는 이 정도는 아무것도 아니야."

오츠는 가슴속에 마지막 한마디는 남겨 두었다.

'이 정도로 죽지 않아!'

그러고는 분주히 몸을 추스르고 단장을 하더니 혼자서 뱃전을 붙잡고 기어가듯 기슭으로 올라갔다.

"……."

조타로는 양손으로 얼굴을 감싼 채 뒤로 돌아섰고 오스기는 소리를 내며 울고 있었다.

매와 여인

모리 이키노가미 가쓰노부毛利壹岐守勝信가 있던 고쿠라 성은 게이초 오년에 난이 일어나기 전까지는 가쓰노 성勝野城이라고 불렸다. 그 이후 하얀색 성벽과 망 루 등이 계속해서 증축되면서 새로운 성의 위용을 갖추게 되었고, 호소가와 다다오키細州忠興에 이어 다다토시忠利에 이르기까지 이대에 걸친 국주國主의 부府가 되었다.

간류 사사키 고지로는 거의 이틀에 한 번 꼴로 등성해 다다토시 공을 위시하여 가신들의 검술 사범직을 맡고 있었다. 도다 세이겐의 도다류에서 파생하여 가네마키 지사이를 거쳐 고지로에게 이르기까지, 그는 자신이 창안한 검의劍意와 두 선조의 검술을 합치시켜 '간류'라고 칭하는 일파의 검법을 이룩했다. 그리고 고지로가 부젠에 온 이후에 번의 무사들이 그의 검법 배우게 되자 몇 년이 지나지 않아서 그의 검법이 규슈 일대에 풍미하고 있었다. 또 멀리 시코쿠四國와 주고쿠에서도 호소가와 번을 찾아와 일 년이고 이 년이고 고지로의 문하에 들어가 검술을 배우고 인가를 받고 귀국하려는 자들도 많았다. 사람들의 기대가 높아짐에 따라 주군인 다다토시도 좋은 인물을 받아들였다고 기뻐하고 있었고, 상하를 막론하고 가신들도 고지로를 두고 모두 인물이라고 평가하고 있었다.

고지로가 오기 전까지는 신카게류新陰流를 쓰는 우지이에 마고시로氏家孫四郎가 사범직을 맡고 있었지만 거성 간류의 빛으로 말미암아 그는 어느덧 있는 듯 없는 듯한 존재가 되고 말았다. 그러자 고지로가 주군에게 간청했다.

"부디 마고시로 님을 저버리시지 마십시오. 소박한 검법이긴 하지만 소신과 같은 젊은이의 검보다는 일일지장一日之長이 있습니다."

고지로는 우지이에 마고시로와 사범직을 하루씩 나누어 맡게 해 달라고 청했다. 또 어느 날인가는 다다토시가 그들의 시합을 명한 적이 있었다.

"고지로는 마고시로의 검을 소박하지만 일일지장이 있다고 하고, 마고시로는 고지로의 검법을 두고 자신은 미치지 못하는 하늘이 내린 고수라고 하니, 어느 쪽이 맞는지 한번 겨뤄 보도록 하라."

그러자 두 사람은 목검을 들고 군주 앞에서 겨루게 되었는데 고지로가 적당한 기회를 엿보다 먼저 목검을 내려놓고 마고시로의 발아래 앉더니 말했다.

"제가 졌습니다."

마고시로는 당황했다.

"겸손의 말씀입니다. 본시 저는 고지로 님의 상대가 되지 못합니다."

이렇게 서로 승패를 양보한 일도 있어 고지로에 대한 사람들의 신망은 더욱 두터워졌다.

"과연 간류 선생이군."

"훌륭한 분이네."

"참으로 속이 깊은 분이야."

하루걸러 일곱 명의 창을 든 시종을 앞세우고 말을 탄 채 입성하기 위해 거리를 지나면 그를 존경하는 자들이 말 앞으로 나와서 인사를 하고 갈 정도로 존경을 받고 있었다. 하지만 자신보다 하수인 마고시로에게조차 그토록 관대하던 그도 곁에 있는 자가 부주의하게 긴키 지역이나 아즈마노구니에서의 무사시에 대한 좋은 평판을 입에 담기라도 하면 그의 말투는 어느새 소인배의 협소한 험담과 같은 투로 변했다.

"그자도 근래에는 다소 세상에 알려지더니 자칭 '이도류'라고 칭하고 있다고 하더군. 본시 잔재주가 있는 자여서 교토와 오사카 부근에서는 대적할 자가 없을 테니 말이네."

고지로는 이렇게 칭찬인지 비방인지 구분하기 어려운 말을 하며 얼굴에 어떤 감정도 드러나는 것을 억누르며 말하곤 했다. 어떤 때는 간류가 사는 하기노코지萩之小路 저택을 찾아온 떠돌이 무인이 무사시에 대해 말하기도 했다.

"아직 한 번도 만난 적은 없지만 무사시 님의 이름은 가미이즈미 이세노가미 노부쓰나上泉伊勢守信綱와 쓰카하라 보쿠덴塚原卜伝 이후, 야규가의 중흥을 이룬 세키슈사이를 제외하고는 당대의 명인이자 달인이라고 상찬하는 자가 많습니다."

오랜 세월에 걸친 고지로와 무사시의 감정을 알지 못하고 그렇게 말하면 고지로는 애써 불쾌한 표정을 감추지도 않고 비웃으며 말했다.

"하하하, 그렇소이까? 세상에 눈 먼 장님이 천 명이라는 말도 있으니 그를 명인이라고 말하는 이도 있을 것이고 달인이라고 하는 이도 없지는 않을 것이오. 허나 그만큼 세상의 병법의 질이 땅에 떨어져서 바람이라도 불면 사라질 매명賣名만을 쫓는 교활한 자들만이 횡행하는 시대임을 뒷받침하는 것이 아니겠소이까? 이 간류의 눈으로 본다면 그가 일찍이 교토에서 허명을 날린 요시오카 일문과의 시합, 특히 열두세 살밖에 되지 않은 아이까지 일승사에서 베어 죽인 잔인하고 비열한, 비열하다고 하면 이해하지 못할 수도 있겠소만, 그때 분명 그는 혼자였고 요시오카 쪽은 수적으로 많았음에 틀림없지만 그는 도망을 치고 말았소이다. 그 밖에 그가 자란 이력을 보고 그가 어떤 야망을 가지고 있는지 알면 침을 뱉어 마땅한 인물이라고 나는 생각하고 있소이다. 하하하, 병법으로 처세술에 달인이라고 한다면 찬성할 수 있지만 검의 달인이라고는 나는 생각지 않소. 세상은 때론 어리석을 때가 있으니 말이오."

말을 나누던 자가 거기서 멈추지 않고 무사시를 더 칭찬하면 간류는 그 자체가 자신을 멸시하고 조롱하는 것처럼 얼굴을 붉혔다.

"무사시는 잔인하고 싸움에 있어서 비굴한 위인이외다. 병법자라고 하기도 부끄러운 인간이란 말이오."

고지로는 상대가 그것을 인정하지 전까지 반감을 표하기도 했다. 이런 그의 태도에 대해서 그를 인격자라고 존경하고 있던 가신들도 속으로 뜻밖이라고 여기고 있었는데, 마침내 무사시와 고지로가 오랜 세월에 걸친 원한이 있는 사이라는 소문이 돌기도 했다. 또 얼마 후에는 머지않아 주군의 명으로 두 사람이 시합을 한다는 소문까지 돌자 그간 고지로의 그런 행동을 의아하게 생각하던 번의 사람들의 이목이 시합의 기일과 그것의 형세가 어떻게 돌아갈지에 대한 쪽으로 쏠리고 있었다.

이 같은 소문이 성 안팎에 퍼진 뒤로 간류의 하기노코지 저택에 아침저녁으로 번질나게 드나드는 사람이 있었다. 그는 바로 번의 노신 중의 한 명인 이와마 가쿠베였다. 에도에 있던 무렵, 고지로를 주군에게 천거한 가쿠베는 지금은 고지로를 일족의 사람으로 여기고 있을 정도였다.

사월 초순, 땅에 떨어진 벚꽃이 겹겹이 쌓여 있는 정원에 새빨간 철쭉이 피어 있었다.

"집에 계신가?"

시종의 안내를 받아 가쿠베가 안채로 들어왔다.

"이와마 님이시군요."

그늘만이 거실을 지키고 있었고 주인인 고지로는 매를 주먹 위에 올려놓고 정원에 서 있었다. 잘 훈련된 매는 고지로의 손바닥 위에 있는 모이를 먹고 있었다. 고지로는 무사시와의 시합이 결정되고 얼마 지나지 않아 이와마 가쿠베의 중재와 고지로를 배려한 주군 다다토시의 명으로 이틀에 한 번 등성해서 사범직을 수행하던 일도 당분간 하지 않고 있었다. 그래서 고지로는 매일 집에서 조용히 휴양을 하며 한가로이 지내고 있었다.

"간류 님, 드디어 오늘 어전에서 시합 장소가 결정되어 급히 알려 주러 왔소이다."

시종이 서원 쪽에 자리를 마련해서 권하자 서 있던 가쿠베는 고개만 끄덕인 채 다시 고지로에게 말했다.

"처음에는 기쿠노나가하마聞長浜로 할 것인지, 무라사키紫 강의 강가로 할 것인지 논의를 했으나 그와 같은 협소한 장소에서는 설사 대나무 울타리를 둘러친다고 하더라도 밀려드는 구경꾼들을 막을 수 없을 것이어서……."

"그럴 것입니다."

간류는 항간의 관심과 그런 이야기에는 전혀 관심이 없다는 듯 주먹 위의 매에게 모이를 주면서 매의 눈과 부리를 바라보고 있었다. 기껏 생각해서 소식을 전하러 온 가쿠베는 다소 긴장이 풀린 듯 손님인 그가 오히려 먼저 재촉했다.

"서서 이야기할 게 아니라 자, 저리 올라가서……."

"잠시 기다려 주십시오."

간류는 여전히 관심이 없는 듯 말했다.

"이 모이만 먹이고 나서……."

"주군께서 내리신 매가 아닌가?"

"그렇습니다. 작년 가을, 매사냥을 가셨을 때 손수 내려 주신 아마유미天弓라는 이름의 매인데 이리 잘 따릅니다."

간류는 손바닥 위에 남은 모이를 버리고 뒤에 있는 나이 어린 소년을 돌아다보며 매를 넘겨주었다.

"다쓰노스케辰之助, 우리에 넣어 두도록 해라."

"예."

다쓰노스케는 매를 들고 매를 넣어 두는 우리 쪽으로 물러갔다. 저택은 꽤 넓었고 석가산 너머는 소나무로 둘러싸여 있었다. 해자 밖은 바로 이타쓰到津 강가여서 부근에는 번사들의 저택도 많았다.

"실례를 범했습니다."

간류가 서원으로 자리를 옮겨 앉으며 말하자 가쿠베는 오히려 손을 저으며 허물없이 말했다.

"한집안 식구나 다름없는데 무슨 소리. 난 여기에 오면 아들의 집에 온 것처럼 느껴지오이다."

그곳에 고운 자태를 한 묘령의 시녀가 차를 들고 오더니 힐끗 손님을 올려다보면서 부끄러운 듯 말했다.

"변변치 않은 차입니다만."

가쿠베는 고개를 저으며 말했다.

"이거, 오미쓰가 아닌가? 언제 보아도 곱구만."

"송구스럽습니다."

오미쓰의 목덜미까지 빨개져서 도망치듯 물러나더니 장지문을 열고 사라졌다.

"매도 길들이면 사랑스럽지만 본시 성질이 사나운 새이니 아마유미보다 오미쓰를 곁에 두는 게 좋을 듯싶소. 내 일찍부터 그녀에 대한 그대의 심중을 물어보려 생각을 하던 참이었고."

"언제 이와마 님의 저택에 오미쓰가 은밀히 찾아간 일이 없었는지요?"

"비밀로 해 달라고 했지만 숨길 필요는 없을 듯하네. 실은 내게 의논을 하러 온 적이 있었네."

"흥, 그런데도 이때껏 내게 아무 말도 하지 않았습니다."

간류는 흰 장지문을 힐끗 노려보면서 이렇게 말했다.

"무리도 아니니 그리 화내지 마시게."

가쿠베는 그렇게 달래며 간류의 표정이 부드러워지는 것을 본 뒤에 말했다.

"여자의 몸으로는 오히려 걱정되는 게 당연한 일이 아니겠나. 자네의 마음을 의심해서가 아니라 이대로 지내다가는 장차 어떻게 될지…… 누구나 자신의 앞날을 생각하지 않겠나."

"그럼 오미쓰에게 모든 얘길 들으셨겠군요. 면목이 없습니다."

"당치 않네."

간류가 적이 부끄러이 여기자 가쿠베는 괜찮다는 듯 말했다.

"남녀 사이에 흔한 일이 아닌가. 언젠가 자네도 좋은 배필을 맞아 가정을 꾸려야 것이 아닌가. 큰 저택에 살며 많은 제자와 하인을 거느린 몸이 되었으니 말일세."

"허나 일단 시녀로 집에 두었던 여인을 체면상 어찌……."

"그렇다고 해서 이제 와서 오미쓰를 버릴 수는 없지 않나. 그것도 아내로 삼기에 부족한 여자라면 다시 생각해 볼 일이겠지만 혈통도 좋고, 게다가 듣자 하니 에도의 오노 지로우에몬 다다아키의 조카딸이 아닌가?"

"그렇습니다."

"자네가 지로우에몬 다다아키 도장에 단신으로 시합을 하러 가서 다다아키로 하여금 오노 파의 잇토류가 쇠퇴하였음을 깨닫게 하였을 때, 친하게 되었다고 하던데."

"사실입니다. 부끄러운 일입니다만 은인과 같은 가쿠베 님에게 감추는 것도 도리가 아닌 듯하여 언젠가 말씀드리려고 했습니다. 말씀하신 대로 오노 다다아키 님과 시합을 하고 저녁이 되어 돌아오는 길이었는데 웬 처녀가, 그때는 아직 숙부인 지로우에몬 다다아키 님을 곁에서 모시고 있던 오미쓰가 작은 등불을 들고 어두운 사이가치 언덕에서 마을까지 안내해 주었습니다."

"음, 그렇게 된 것이군."

"별 뜻 없이 지나가는 말로 한 말을 진심으로 받아들였는지 다다아키 님이 출가를 한 후에 저를 찾아온 것입니다."

"어찌 된 사정인지 잘 알겠네. 하하하."

가쿠베는 겸연쩍은 얼굴로 손을 저으며 웃었다. 그러나 에도의 시바의 이사라고를 떠나 고쿠라로 옮겨 올 때까지 고지로가 그런 여인을 숨겨 두고 있었다는 사실을 가쿠베는 전혀 모르고 있었다. 가쿠베는 자신의 아둔함이 어이가 없으면서도 고지로가 그쪽 방면에 있어 재주가 보통이 아니라고, 그의 주도면밀함에 혀를 내둘렀다.

"어쨌든 그 일은 나에게 맡겨 두시게. 지금은 상황이 상황이니만큼 갑자기 아내로 맞이하는 것도 이상할 것이네. 중요한 시합을 잘 마무리한 후에 다시 이야기하도록 하세."

가쿠베는 그렇게 말하고 자신이 찾아온 용건을 떠올렸다. 가쿠베는 상대인 무사시를 간류에 비하면 아무것도 아닌 것으로 여기고 있었다. 오히려 간류의 지위, 명성을 더욱 크게 떨치는 데 있어 한낱 시련에 지나지 않는다고 자부하고 있는 터였다.

"어전 회의에서 결정된 시합 장소는 앞서도 이야기한 바와 같이 어차피 성 근처에서는 혼잡을 피할 수 없을 듯하네. 그래서 차라리 바다나 섬이 좋다고 하여 아카마가세키와 모지가세키門司ヶ関 사이에 있는 작은 섬인 아나토가시마穴門ヶ島라고도 하고 후나시마船島라고도 하는 곳으로 결정이 났네."

"아, 후나시마에서 말입니까?"

"그렇네. 그러니 무사시가 도착하기 전에 한번 그곳의 지세를 살펴 두는 편이 다소 유리하지 않겠나."

시합을 하기 전에 시합 장소의 지세를 알아 두는 것은 유리한 일임에 틀림이 없었다. 당일 시합에 임했을 때의 진퇴, 또 부근에 나무가 있느냐 없느냐, 태양의 방향 등을 살펴서 어느 쪽에 적을 맞이할 것인가 등 적어도 갑자기 가서 승부를 겨루는 것보다는 작전상으로도 마음의 여유에 차이가 생길 것이었다. 이와마 가쿠베는 내일이라도 낚싯배를 한 척 빌려서 후나시마를 미리 답사하는 것이 어떻겠느냐고 권하자 간류가 말했다.

"병법에는 무릇 임기응변을 중히 여깁니다. 이쪽이 방비를 해도 적이 그 허를 찔러 공격을 하는 경우에는 오히려 실수를 범하는 예가 왕왕 있습니다. 하여 임기응변의 자유로운 마음으로 임하는 것이 상책입니다."

가쿠베는 옳은 생각이라는 듯 고개를 끄덕이더니 후나시마에 미리 가 볼 것을 더 이상 권하지 않았다.

간류는 오미쓰를 불러서 술상을 차리라고 일렀고 두 사람은 초저녁까지 술자리를 함께했다. 가쿠베는 자신이 돌봐 준 간류가 오늘날 이와 같은 명성을 얻고, 주군의 총애도 두터우며 커다란 저택의 주인이 되어 이렇게 술대접을 하고 있는 것에 보람을 느끼면서 이것이 인생의 기쁨 중 하나라는 표정으로 술잔을 기울이고 있었다.

"이젠 오미쓰를 불러다 놓고 이야기해도 좋을 듯하네. 어쨌든 시합이 끝나면 고향에 계시는 가까운 친척들을 모시고 혼례를 올리도록 하게. 검도에 열심인 것은 좋은 일이지만 먼저 가명의 토대를 굳게 해야 하네. 그렇게 되면 이 가쿠베의 역할도 일단 다한 것이 될 것이네."

가쿠베는 자신이 부모 노릇을 대신하고 있다는 것처럼 기분이 아주 좋은 듯했지만 간류는 끝까지 취하지 않았다. 그는 하루 종일 말을 거의 하지 않았다. 시합 날이 다가옴에 따라 갑자기 사람들의 출입이 빈번해졌다. 성에 격일로 들어가지 않는 대신 손님을 맞이하느라 휴양의 의미도 퇴색했다. 그렇다고 해서 간류는 문을 닫아걸고 손님을 사절할 수도 없었다. 간류가 문을 닫아걸고 사람도 만나지 않는다고 하면 왠지 비겁하게 보일 듯싶었다. 간류는 그런 사소한 것들에 의외로 신경을 많이 쓰고 있었다.

"다쓰노스케, 매를 내오너라."

고지로는 좋은 생각이 난 듯 아마유미를 주먹 위에 올리고 사냥 채비를 한 후에 아침 일찍 집을 나서기로 마음먹었다.

날씨가 좋은 사월 상순, 매를 데리고 야산을 거니는 것만으로도 심신이 한결 새로워지는 듯했다. 호박색 눈동자를 번득이며 하늘에서 먹잇감을 쫓는 매의 모습을 다시 간류의 눈이 좇고 있었다. 매가 먹잇감을 발톱으로 부여잡자 하늘에서 새의 깃털이 팔랑거리며 떨어졌다. 간류는 흡사 자신이 매가 된 듯 숨도 쉬지 않고 바라보고 있었다.

"그래 바로 저것이다!"

그는 매를 보고 깨달은 것이 있었다. 하루가 다르게 그의 얼굴에 자신감이 묻어났다. 그런데 저녁때 집에 돌아오면 오미쓰의 눈은 늘 퉁퉁 부어 있곤 했다. 그것을 화장으로 감추고 있는 것이 그는 마음이 더 아팠다. 결코 무사시에게 지지 않을 것이라는 강한 자신감이 있었지만 오미쓰의 그런 모습을 보면 문득 자신이 죽은 뒤의 일을 생각하기도 했다.

'내가 죽고 혼자 남게 되면…….'

그러면 이상하게도 평소에는 생각도 나지 않던 죽은 어머니가 생각나기도 했다.

'앞으로 며칠 남지 않았다.'

이렇게 생각하며 잠자리에 드는 밤이면 그의 눈 속에서 매의 호박색 눈과 수심에 잠겨 퉁퉁 부은 오미쓰의 눈이 번갈아 나타났고 그 중간중간에 어머니의 모습이 아른거렸다.

십삼일 전야

근래 며칠 동안은 떠나는 사람은 적고 머무는 사람은 많아서 어느 여관이고 만원이었다. 아카마가세키는 물론이고 모지가세키와 고쿠라 성 아래는 더 말할 나위도 없었다. 여관 앞에는 꼭 있기 마련인 말을 매어 두는 말뚝에도 말들로 북적이고 있었다.

포고布告

첫째, 오는 십삼일 진시辰時 상각上刻, 부젠 나가토노가이몬長門之海門 후나시마에서 당번當藩의 간류 사사키 고지로에게 시합을 명하노라. 상대는 사쿠슈의 낭인 마야모토 무사시이다.

둘째, 당일 부중에서 화기火氣를 엄금하며 양쪽 중 어느 편을 들거나 도움을 주려는 자들의 도항은 일절 엄금한다. 유람선, 연락선, 어선 등도 마찬가지로 가이몬海門 왕래를 금한다. 단, 이는 진시 하각까지이다. 이상.

게이초 십칠년 사월

나루터와 네거리 등지에 팻말이 세워지고 사람들은 팻말을 둘러싸고 무리를 지어 모여 있었다.

"십삼일이라고 하면 바로 내일모레가 아닌가?"

"먼 곳에서 일부러 찾아오는 사람들도 많다던데, 우리도 며칠 머물렀다가 구경이나 하고 가세."

"거 모르는 소리. 일 리나 떨어진 섬인 후나시마에서 시합을 하는데 보일 리 있겠는가."

"가자시風師 산에 오르면 후나시마의 소나무까지 보이네. 똑똑히 보이진 않더라도 그날 부젠과 나가토의 양쪽 기슭의 삼엄한 경비를 보는 것만으로도……."

"날이 맑으면 좋겠는데."

"요즘 같아서는 비는 오지 않을 걸세."

저잣거리에는 벌써부터 십삼일에 있을 시합 얘기로 자자했다. 구경을 하기 위해 배를 내거나 다른 모든 해상 왕래는 진시 하각까지 금한다는 포고령이 내려졌기 때문에 선주들은 실망을 했지만 그럼에도 여행객들은 시합 당일의 광경만이라도 보기 위해 전망이 좋은 곳을 차지하고 기다리고 있었다.

십일일, 점심 무렵이었다. 모지가세키에서 고쿠라로 들어가는 성문 입구에 있는 주막 앞에 젖먹이 아이를 달래면서 서성거리는 여인이 있었다. 바로 얼마 전에 오사카의 강가에서 마타하치가 우연히 발견해서 뒤를 쫓아가 만난 아케미였다. 젖먹이도 낯선 곳이 쓸쓸한지 울음을 그치지 않았다.

"어이구, 졸린가 보구나. 자장자장 우리 아가. 어이구, 착하다. 자장자장……."

젖꼭지를 물리고 발로 박자까지 맞추는 아케미는 이미 체면이나 화장 따위는 잊어버린 지 오래인 듯 오직 아이밖에 생각하지 않았다. 사람이 이렇게도 변할 수 있는가 싶을 정도로 예전의 그녀를 아는 사람은 상상도 할 수 없는 모습이었다. 하지만 아케미는 이런 변화나 지금의 모습이 조금도 이상할 것이 없는 듯했다.

"아케미, 애기는 잠이 들었는가?"

주막에서 나오면서 그렇게 그녀를 부른 것은 마타하치였다. 법의를 돌려주고 환속한 것이 얼마 전의 일이었다. 두 사람은 머리에 두건을 두르고 감물을 들인 옷을 입고 있었다. 그날 이후 부부가 된 두 사람은 오사카를 떠나 노자와 식량을 벌기 위해 사탕 장수의 가죽 주머니를 목에 걸고 한 푼 두 푼 벌면서 간신히 오늘 고쿠라에 도착한 것이었다.

"내가 대신 안고 있을 테니 빨리 밥을 먹고 오게. 젖이 나오지 않는다고 했으니 많이 먹고 오게. 많이."

마타하치는 아기를 건네받고 자장가를 부르며 주막 바깥을 어슬렁 어슬렁 걸어 다니고 있었다. 그런데 떠돌이 시골 무사가 마타하치를 한동안 바라보더니 다시 길을 되짚어 왔다. 아기를 안고 있던 마타하치도 떠돌이 무사를 바라보았지만 어디서 봤는지 기억이 나지 않았다. 마타하치와 걸음을 멈춘 무사가 서로를 마주 바라보았다. 그런데 누구이며 어디서 만난 사람인지 전혀 생각이 떠오르지 않았다.

"몇 년 전 교토의 구조九條의 솔밭에서 만났던 이치노미야 겐파치요. 그때는 행각승의 모습을 하고 있었으니 알아보지 못하는 것도 무리가 아닐 거요."

시골 무사는 이렇게 말했지만 그래도 마타하치는 기억이 떠오르지 않는 듯하자 겐파치가 다시 말했다.

"그때 귀공은 고지로 님의 이름을 사칭하여 가짜 고지로가 되어 배회하고 있던 것을 내가 진짜 사사키 고지로 님인 줄 알고……."

"아, 그럼 그때 그!"

마타하치가 그제야 생각이 난 듯 큰 소리로 말했다.

"그렇소. 그때 행각승이오."

"그렇군요."

마타하치가 머리를 숙여 인사를 하는 바람에 애써 잠들었던 아기가 다시 울기 시작했다.

"오, 착하지 착해. 울지 마라, 울지 마."

이야기가 그렇게 중단이 되어 이치노미야 겐파치가 다시 길을 가려다 물었다.

"한데, 성 아래 살고 계신다는 고지로 님의 저택이 어딘지 알고 계시오?"

"저도 실은 방금 이곳에 도착해서 잘 모르겠습니다."

"그럼 역시 무사시 님과의 시합을 보러?"

"아니, 뭐 딱히 그런 것은."

그때 주막에서 나온 두 사람이 지나가다 겐파치에게 말했다.

"간류 님의 저택은 무라사키 강 바로 옆인데 우리 주인님 저택과 같은 골목 안에 있으니 그리로 가는 길이라면 안내해 드리겠습니다."

"아, 고맙소이다. 마타하치 님, 그럼 이만."

겐파치는 허둥지둥 두 사람을 따라갔다. 마타하치는 때와 먼지가 묻은 그의 모습을 바라보다 중얼거렸다.

"그 먼 조슈上州에서 온 걸까?"

당장 내일모레로 닥친 이번 시합이 전국 방방곡곡에 널리 알려져 있는지 가히 짐작을 할 수 있었다.

그리고 몇 년 전, 겐파치가 찾아다니던 주조류中条流의 인가 목록을 손에 넣고 가짜 고지로 행세를 하며 떠돌아다니던 자신의 모습이 지금 돌이켜보면 한심하기도 하고 얼마나 나태하고 파렴치한 짓이었는가 하고 몸서리가 쳐질 만큼 씁쓸하게 여겨졌다. 그 무렵의 마타하치와 지금의 모습을 비교해 보면 그런 생각이 들만큼 성숙해져 있었다.

'나 같은 얼간이도 잘못을 깨닫고 다시 시작하면 조금씩이라도 변할 수 있는 것이구나.'

밥을 먹는 동안에도 아기의 울음소리가 귓가에서 떠나지 않아 바지런히 밥을 먹은 아케미가 주막에서 뛰어오며 말했다.

"미안해요. 제가 업을 테니까 등에 업혀 주세요."

"이젠 젖이 나오는가?"

"졸려 하지 않아요? 등에 업으면 금방 잠이 들 거예요."

"그래, 알았네."

마타하치는 아기를 그녀의 등에 업혀 주고서 그는 엿 주머니를 어깨에 멨다. 사이가 좋은 엿장수 부부를 지나가는 사람들이 돌아보곤 했다. 이들 부부처럼 금실이 좋지 않은 사람들이 많아서 어쩌다 길거리에서 이런 모습을 보면 한없이 부러워하는 듯싶었다.

"애기가 참 귀엽구만. 몇 살이오? 허허, 웃고 있네 그려."

뒤편에서 따라온 가지런히 머리를 잘라서 늘어뜨린 기품 있는 노파가 아케미가 업은 아이를 들여다보면서 달래 주었다. 어지간히 애기를 좋아하는 여인인 듯, 함께 가는 하인에게 아기의 웃는 얼굴을 보라고 말했다.

자리에서 일어선 아케미와 마타하치는 어디 싸구려 여인숙이라도 묵기 위해 뒷골목으로 들어가려고 했다.

"그리 가시오?"

뒤따라오던 노파가 빙긋 웃으며 작별 인사를 하더니 문득 생각이 난 듯 물었다.

"혹 사사키 고지로의 저택이 어디쯤인지 모르시오?"

"방금 전에 먼저 찾아간 무사가 있었는데 무라사키 강 옆이라고 하던데요."

마타하치가 가르쳐 주자 노파는 고맙다는 말을 하고 하인을 재촉해서 곧장 걸어갔다. 노파를 바라보던 마타하치는 문득 혼자 중얼거렸다.

"아, 어머니는 어떻게 지내고 계실까?"

마타하치는 자식을 갖고 나서야 비로소 부모의 심정을 이해할 수 있을 것 같았다.

"여보, 그만 가요."

아케미는 등에 업은 아이를 달래면서 뒤에서 기다리고 있었다. 하지만 마타하치는 여전히 멍하니 저편에서 걸어가는 오스기와 같은 나이인 듯한 노파를 바라보고 있었다.

지난밤부터 들이닥친 손님들이 정원을 가득 채우고 있었던 탓에 고지로는 매사냥을 나갈 수도 없었다.

"어쨌든 기뻐해야 할 일일세."

"간류 선생의 명성도 이걸로 더욱 높아질 걸세."

"축하해야 할 일일세."

"그렇고말고. 후세에 이를 명예일 걸세."

"하지만 상대가 무사시인만큼 충분히 자중하지 않으면."

멀리서 온 손님들이 벗어 놓은 짚신이 현관에 넘쳐 났다. 교토와 오사카에서 온 사람이 있는가 하면 주고쿠를 비롯해서 멀리 에치젠의 정교사 촌에서 온 손님도 있었다. 집안사람들만으로는 손이 모자라서 이와마 가쿠베의 가족들까지 와서 손님을 대접하고 있었다. 또 번의 무사들 중 평소에 간류에게 사사하고 있는 사람들까지 번갈아 찾아와 내일모레를 기다리고 있었다.

"내일모레라고 해도 실은 내일 하루밖에 남지 않았군."

이곳에 있는 사람들의 면면을 보면, 무사시에 대해 알건 모르건 간에 무사시를 적대시하지 않는 자가 없었다. 특히 전국 각지로 퍼져 나간 요시오카 문파에 속했던 자들의 수는 대단히 많았기 때문에 지금도 일승사 소나무에서의 원한은 그들의 가슴속에 살아 있었다. 그 외에 무사시가 십 년 동안 외길을 걸어오는 사이에 무사시 자신도 모르는 적이 많이 생긴 것도 사실이었다. 그들 전부는 아니더라도 일부 사람들은 우연한 기회에 무사시의 반대편에 서 있는 고지로에게 가담했다.

"조슈에서 손님이 오셨습니다."

젊은 무사가 현관에서 사람들이 앉아 있는 큰 방으로 또 한 명의 손님을 데리고 들어왔다.

"저는 이치노미야 겐파치라고 하는 사람으로……."

순박한 손님은 사람들에게 인사를 하더니 모르는 사람들 틈에 앉아 있었다.

"허, 조슈에서 오다니."

사람들은 그 먼 곳에서 찾아온 것을 위로라도 하듯 겐파치를 바라보왔다. 겐파치는 조슈의 하쿠운 산의 부적을 가지고 왔으니 그것을 신단 위에 올려놓아 달라고 문하생에게 건넸다.

"기원까지 올리는군."

방 안에 앉아 있던 자들은 그 기특한 마음을 보고 처마 너머의 하늘을 보며 확신한 듯 말했다.

"내일모레는 분명 날이 화창하겠구만."

이날, 십일일도 이미 해가 지고 붉디붉은 땅거미가 내리고 있었다. 넓은 방을 가득 메운 손님들 가운데 한 명이 말했다.

"여보슈, 조슈에서 오신 이치노미야 겐파치인가 하는 분. 간류 선생을 위해 기원까지 올리시고 멀리서 예까지 찾아오시다니 참 기특한 일이올시다. 한데 선생하고는 어떤 연고가 계시오?"

겐파치가 대답했다.

"저는 조슈 시모니다下仁田의 구사나기草薙가의 가신입니다. 구사나기가의 망주亡主 덴기天鬼 님은 가네마키 지사이 선생님의 조카분이셨습니다. 그래서 고지로 님과는 어려서부터 잘 알고 있는 사이입니다."

"아, 간류 선생께서 소년 시절에 주조류의 가네마키 선생 밑에 계셨다고 하던데."

"이토 야고로 잇토사이, 그분과 동문이었습니다. 그분한테서 고지로 님의 검이 훨씬 치열했다는 말을 자주 들었습니다."

겐파치는 이어서 고지로가 스승인 지사이가 내린 인가 목록을 사양하고 독자적인 유파를 세울 대의를 일찍부터 품고 있었다는 이야기며, 소년 시절부터 남에게 지기 싫어하던 일화 등을 들려주었다. 그때 젊은 무사가 방 안으로 들어오더니 고지로를 찾았다.

"선생님은? 선생님이 이곳에 오시지 않으셨는지요?"

젊은 무사는 사람들 속을 찾아보다가 고지로가 눈에 띄지 않자 다른 방으로 찾으러 가려는데 손님들이 물었다.

"왜 그러는가? 무슨 일인가?"

"예, 지금 현관에 이와쿠니에서 온 나이 든 노파가 고지로 님을 만나게 해 달라며 와 계셔서 말입니다."

젊은 무사는 이렇게 말하고는 급히 다음 방으로 가서 고지로를 찾았다.

"거실에도 안 계시고 대체 어딜 가셨지?"

어찌할 바를 모르고 있는 그에게 그곳을 치우고 있던 오미쓰가 가르쳐 주었다.

"매 우리에 계십니다."

간류는 저택 안을 가득 메운 손님들을 개의치 않고 혼자 매 우리에 들어가서 말없이 횃대 위에 앉아 있는 매를 마주 보고 있었다. 모이를 주고 털을 골라 주기도 하며 주먹 위에 올려놓고 쓰다듬고 있었다.

"선생님."

"누구냐?"

"접니다. 방금 대문에 이와쿠니에서 어떤 노모께서 찾아오셨습니다. 만나 보면 자신이 누군지 알 것이라고만 말씀하십니다."

"노모? 이상하군. 내 어머니는 이미 세상을 떠나신 지가 오래거늘. 숙모가 아닐까?"

"어디로 모실는지요?"

"만나고 싶지 않군. 이런 때는 그 누구와도 만나고 싶지 않다. 허나 숙모님이 오셨다면 안 만날 수 없으니 내 방으로 모시도록 하게."

젊은 무사가 나가고 고지로가 항상 곁에 두는 제자인 다쓰노스케를 부르자 그가 들어와 고지로의 뒤편에 한쪽 무릎을 꿇고 대답했다.

"예, 부르셨습니까?"

"오늘이 십일일이니 드디어 내일모레구나."

"예, 그렇습니다."

"내일은 오랜만에 등성하여 주군께 인사를 올리고 조용하게 하룻밤을 보내고 싶구나."

"그렇지만 손님들이 너무 많이 오셔서 소란스럽습니다. 내일은 손님과 만나시는 것을 일절 피하시고 일찍 주무시도록 하십시오."

"나도 그리하고 싶구나."

"스승님을 돕는다고 객실에 와 있는 손님들이 오히려 방해를 하고 있는 듯합니다."

"그리 말하지 말거라. 그 사람들은 나를 생각해서 찾아오신 분들이다. 허나 승패는 시운時運인 법. 운이 전부는 아니지만 병가의 흥망도 매한가지일 것이다. 만일 내가 죽게 된다면 문갑 속에 두 통의 유서가 있으니 한 통은 이와마 님께, 그리고 또 한 통은 오미쓰에게 네가 전해다오."

"유서라니요?"

"무사란 만일의 경우를 생각할 줄 알아야 하는 법이니 당연한 일이 아니더냐. 그리고 그날 아침에는 시중 들 한 명만 동행이 허락되었으니 후나시마까지 함께 가도록 해라. 알았느냐?"

"신명을 다해 모시겠습니다."

"아마유미도."

간류는 횃대에 앉아 있는 매를 보고 말했다.

"네 주먹 위에 올려서 섬까지 데리고 가도록 하자. 바다를 일 리나 가야 하는 배 안에서 위안이 될 것이다."

"잘 알겠습니다."

"그럼 이와쿠니에서 오신 숙모님에게 인사를 드리러 가야겠군."

간류는 밖으로 나왔지만 지금의 심경에서 숙모와 같은 사람을 만나는 것이 적잖이 마음이 내키지 않는 듯 보였다. 이와쿠니의 숙모는 단정하게 자리에 앉아 있었다. 붉게 타오르던 저녁놀도 붉게 달아올랐던 강철이 차갑게 식은 듯 검게 변해서 방에는 등불이 켜져 있었다.

"아니, 이게 누구십니까!"

간류는 아랫자리에 앉아 머리를 조아려 인사를 했다. 그는 모친이 죽은 후 거의 숙모의 손에 자랐었다. 어머니는 자식에게 너그러운 면이 있었지만 지금의 숙모는 그런 면은 전혀 없어서 그저 누이의 자식이자 사사키가의 가명을 짊어진 고지로의 장래를 멀리서나마 지켜보고 있는 유일한 친척이었다.

“조카님, 듣기로 이번에 일생의 대사에 임한다고 하더군요. 이와쿠니 고향에서도 소문이 자자합니다. 하여 가만히 있을 수가 없어서 조카님의 얼굴을 보러 왔소이다. 아무튼 이리 훌륭하게 출세를 하였으니 장하오.”

숙모는 집안 대대로 내려오는 장검을 짊어지고 고향을 떠났던 소년 시절의 그와, 당당히 일가의 풍모를 이룬 지금의 그를 비교하며 자못 감회가 깊은 듯했다. 간류는 머리를 숙이며 말했다.

“십여 년 동안 소식을 전하지 못한 죄를 너그럽게 용서해 주십시오. 남이 보기에는 출세한 듯 보일지 모르지만, 아직 저는 이 정도에 만족하지 않고 있습니다. 하여 그만 고향에 소식도…….”

“아닙니다. 소식이 없어도 조카님의 소식은 풍문으로 듣고 있을 만큼 안부는 잘 알고 있습니다.”

“고향에까지 저에 대한 소문이 미치고 있는 줄 몰랐습니다.”

“있는 정도가 아닙니다. 이번 시합에 대해서도 모르는 이가 없습니다. 무사시에게 패한다면 이와쿠니의 수치이자 사사키 일족의 불명예라고 모두 응원을 하고 있소이다. 특히나 요시가와 번에 손님으로 와 계시는 가타야마 호기노가미 히사야스片山伯耆流久安 님을 비롯하여 문하의 사람들이 고쿠라까지 오신다고 합니다.”

“시합을 보기 위해 말씀입니까?”

“그런데 팻말을 보자니 내일모레는 모든 배가 출항할 수 없다는 포고령이 내려져서 낙담을 하는 사람들이 많을 듯합니다. 아 참, 쓸데없는 말만 하다 잊고 있었는데, 조카님에게 줄 선물을 하나 가져왔으니 받아 주시지요."

숙모는 짐을 풀더니 정성스레 접어 두었던 속옷 한 벌을 꺼냈다. 그것은 흰 광목천에다 하치만구八幡宮의 대보살大菩薩인 마리지천摩利支天의 명호名號를 쓰고 양쪽 소매에는 '필승의 주문'이라는 범자梵字를 백 명이 바늘로 가늘게 수놓은 속옷이었다.

"고맙습니다."

고지로는 공손히 받아들고 말했다.

"피곤하지 않으신지요? 집 안이 혼잡하니 이대로 방에서 편히 쉬도록 하시지요."

간류는 그것을 핑계로 숙모를 남겨 두고 다른 방으로 건너갔는데 그 방에도 손님이 있었다.

"이것은 오도코 산에 있는 하치만 신사의 부적이니 당일 품 안에 가지고 가십시오."

이렇게 부적이나 미늘로 만든 속옷을 선물하는 손님이 있었다. 또 어디서 보냈는지 부엌에는 커다란 도미와 술통을 싸는 거적이 있어 간류는 어디에 있어야 할지 모를 지경이었다. 이렇게 간류를 응원하는 자들은 모두 그가 이기기를 간절히 바라고 있었는데, 그중 간류가 이번 시합에서 이긴 후에 입신할 것을 예상하고 미리 앞날을 대비하는 자들이 대부분이었다.

'만약 내가 낭인이었다면.'

간류는 문득 씁쓸해졌다. 그러나 사람들이 이렇게까지 자신을 믿게 만든 것은 다름 아닌 바로 자기 자신이었다.

'반드시 이겨야 한다.'

그는 이렇게 생각했지만 이미 그렇게 생각한다는 것 자체가 시합에 임하는 마음에 방해가 된다는 것을 알면서도 어쩔 수가 없었다.

'이기지 않으면 안 된다! 반드시 이겨야 한다!'

바람에 일렁이는 연못의 잔물결처럼 그의 가슴속에는 이런 상념이 끊임없이 요동치고 있었다. 저녁이었다. 넓은 방에 모여 술을 마시거나 밥을 먹고 있는 사람들 중에서 누군가 말했다.

"오늘 무사시가 도착했다는군."

"모지가세키에 닿은 배에서 내려 성 아래에 모습을 나타냈다고 하네."

"그럼 아마 나가오카 사도의 저택에 머물 것일세. 누가 가서 사도 저택의 동태를 알아보고 오는 게 어떨까?"

드디어 올 것이 왔구나 하는 것처럼 여기저기서 사람들이 웅성거리고 있었다.

회합

이미 간류의 집에 알려진 바와 같이, 같은 날 저녁에 무사시는 이곳에 당도해 있었다. 무사시는 배편을 이용해서 이미 며칠 전에 아카마가세키에 도착한 듯했지만 누구 하나 그가 무사시라는 것을 아는 사람이 없었고 또한 무사시도 어딘가에 틀어박힌 채 쉬고 있었던 듯했다.

무사시는 십일일에는 육지 건너편인 모지가세키로 건너갔다가 고쿠라 성 아래 마을로 들어와 나가오카 사도의 집을 방문해서 인사를 하고 현관에서 바로 돌아갈 생각이었다. 현관으로 마중을 나온 나가오카의 가신은 무사시의 말을 듣고도 그가 정말 무사시인가 하고 뚫어지게 바라보다가 말했다.

"주군께서는 아직 성에 계시지만 곧 돌아오실 것이니 들어오셔서 기다리시지요."

"감사합니다만 다른 용건은 없으니 말씀만 전해 주시길 바랍니다."

"어려운 걸음을 하셨는데 그냥 돌아가시면 나중에 주군께서 안타까워하실지도 모르는 일이라."

가신은 자신도 무사시를 그냥 보내고 싶지 않은 듯 만류하며 말했다.

"그럼 잠시만 기다려 주십시오. 주군은 안 계십니다만 잠시 안에 들어오셔서……."

그는 이렇게 말하고 급히 안으로 알리러 들어갔다. 그러자 복도를 쿵쿵거리며 달려오는 발소리가 들리는가 싶더니 현관 마루에서 뛰어내려 무사시의 가슴으로 달려든 소년이 있었다.

"스승님."

"오, 이오리구나."

"스승님……."

"공부는 열심히 하고 있었느냐?"

"예."

"많이 컸구나."

"스승님."

"왜 그러느냐?"

"스승님은 제가 여기 있는 걸 알고 계셨나요?"

"나가오카 님의 편지를 보고 알았다. 그리고 고바야시 다로자에몬 댁에서도 들었다."

"그래서 놀라지 않으셨군요?"

"그래. 이 댁에서 지내면 너에게도 좋고 나도 마음을 놓을 수 있으니 말이다."

"……."

"왜 그러느냐?"

무사시는 이오리의 머리를 쓰다듬으며 말했다.

"신세를 진 이상 사도 님의 은혜를 잊으면 안 될 것이다."

"예."

"무도뿐 아니라 글공부도 열심히 해야 한다. 평소에 무슨 일이든 다른 사람들보다 겸손하고 남들이 피하는 일은 네가 먼저 자진해서 해야 하느니라.

"예……."

"너는 어머니와 아버지가 없다. 부모가 없는 사람은 세상을 곱지 않은 시선으로 바라보고 비뚤어지기 쉬우니 그렇게 되어서는 안 된다. 사람들 속에서 따뜻한 마음으로 살아야 한다. 네 마음이 따뜻하지 않으면 다른 사람의 그런 마음을 알지 못하니 말이다."

"예……."

"너는 똑똑하지만 욱 하는 사나운 기질이 있으니 조심하지 않으면 안 된다. 너는 아직 어리고 앞으로 많은 날들을 살아야 하니 목숨을 귀히 여기도록 해라. 나라를 위해, 무사도를 위해, 버리기 위해 생명을 귀히 여겨야 할 것이다. 사랑하고 고이 간직하며 떳떳하게……."

이오리의 얼굴을 가슴에 안고 이렇게 말하는 무사시의 말에는 어딘가 마지막 유언인 듯 절실함이 있었다. 그러지 않아도 가슴이 뭉클해져 있던 이오리는 무사시가 목숨을 귀히 여기라는 말을 하자 갑자기 울먹이더니 무사시의 품에서 울음을 터뜨렸다. 나가오카 가에서 지내게 된 이후로 옷차림도 말쑥해졌고 앞머리도 묶고 하얀 버선까지 신고 있는 이오리의 모습만 봐도 무사시는 안심이 됐다. 그는 이오리의 모습을 보며 쓸데없는 말을 했구나, 하고 잠시 후회하기도 했다.

"울지 마라."

무사시가 나무라도 이오리는 울음을 그치지 않았고 무사시의 가슴은 그의 눈물로 흠뻑 젖었다.

"스승님……."

"다른 사람들이 놀린다. 왜 우느냐?"

"스승님은 내일모레가 되면 후나시마로 가시겠죠?"

"가지 않으면 안 된다."

"이겨 주세요. 이대로 다시 만나지 못하는 것은 싫습니다."

"하하하. 이오리, 너는 내일모레 일을 생각하고 우는 것이냐?"

"많은 사람들이 스승님은 간류를 이길 수 없을 거라면서 어리석은 약속을 했다고 말하고 있어요."

"그럴 게다."

"분명 이길 수 있죠? 스승님, 이길 수 있으시죠?"

"이오리, 걱정하지 말거라."

"그럼 이길 수 있으시죠?"

"지더라도 깨끗이 지고 싶다고 바랄 뿐이다."

"스승님, 이길 수 없으실 것 같으면 지금이라도 먼 나라로 빨리 떠나면……."

"세상 사람들의 말 속에는 진실이 담겨져 있다. 네가 말하는 대로 어리석은 약속이기는 하다. 하지만 일이 이렇게까지 되었는데 도망친다면 무사도를 저버리는 것이 된다. 무사도를 저버리는 것은 나 혼자만의 수치가 아니다. 세상 사람들의 마음까지 저버리는 것이 된다."

"그렇지만 스승님은 생명을 사랑하라고 가르쳐 주셨잖아요."

"그랬었지. 그러나 내가 너에게 가르쳐 준 것은 모두 나의 단점들뿐이다. 나의 나쁜 점, 내가 할 수 없는 것, 미치지 못해서 안타까워하는 것들뿐이었다. 너는 그렇게 되지 않길 바라기 때문에 가르쳐 주었던 것이다. 내가 후나시마의 흙이 되거든 그런 나를 교훈으로 삼아 목숨을 버리는 일은 하지 말아야 한다."

무사시는 말하자면 끝이 없을 것 같아 이오리의 얼굴을 가슴에서 떼어 놓으며 말했다.

"아까 그분에게도 부탁해 두었다만 사도 님께서 돌아오시면 말을 잘 전해 주어야 한다. 후나시마에서 뵙겠다고 말이다."

무사시가 그렇게 말하고 대문 쪽으로 가려 하자 이오리는 무사시의 삿갓을 잡고는 아무 말도 하지 못했다.

"스승님, 스승님……."

이오리는 그저 고개를 숙인 채 한 손에 무사시의 삿갓을 쥐고 다른 한 손으로는 얼굴을 가린 채 어깨만 들썩이고 있었다. 그때, 옆에 있는 중문이 조금 열리더니 누군가 들어왔다.

"미야모토 님이십니까? 저는 이 댁에서 주군의 시중을 들고 있는 누이노스케라고 하는데 이오리가 저리 이별을 슬퍼하는 것도 무리가 아닌 듯싶습니다. 다른 일도 있으시겠지만 하다못해 하룻밤만이라도 묵어가시는 것이 어떠하신지요?"

무사시는 답례를 하며 말했다.

"고마운 말씀이긴 합니다만, 후나시마의 한 줌 흙이 될지도 모르는 몸이라 다른 분들에게 폐를 끼칠까 심히 염려가 됩니다."

"지나친 염려이십니다. 이대로 돌아가신다면 저희들이 주군께 꾸중을 들을지도 모릅니다."

"자세한 것은 다시 서신을 통해 사도 님께 말씀드리도록 하겠습니다. 오늘은 도착했다는 인사를 드리러 온 것이니 부디 잘 전해 주시길 바랍니다."

말을 마친 무사시가 대문을 나서는데 누군가가 그를 불렀다.

"어이!"

잠시 시간을 두고 누군가가 또다시 불렀다. 방금 나가오카 사도의 집에서 인사를 마치고 골목에서 덴마가시轉馬河岸로 나와 이타쓰 강가 쪽으로 내려간 무사시의 뒷모습을 향해 네다섯 명의 무사들이 손을 흔들고 있었다. 호소가와가의 가신들임이 분명했는데 모두 연배가 있었고 백발의 늙은 무사의 모습도 보였다. 무사시는 아직 알아차리지 못한 듯 파도가 치는 물가에 묵묵히 서 있었다. 해가 서쪽으로 기울고 있었고 뿌연 안개 너머로 보이는 잿빛 어선의 돛은 전혀 움직이지 않았다. 이 부근에서 바닷길로 일 리 떨어진 곳에 있는 후나시마는 바로 눈앞에 보이는 히코시마彦島의 그늘에 가려 아련하게 보였다.

"무사시 님."

"마야모토 님이 아니시오?"

연배가 있는 번사들이 달려와 무사시의 뒤편에 섰다. 멀리서 누군가 불렀을 때, 무사시는 한 번 뒤를 돌아보고 그 사람들이 오는 것을 알고 있었지만 모두 처음 보는 자들뿐이어서 자신을 부르는 것이라고는 생각하지 않았다.

"누구신지요?"

무사시가 고개를 갸우뚱하자 연장자인 듯한 무사가 말했다.

"잊은 듯하구려. 우릴 기억 못 하는 것도 무리가 아니겠지. 나는 우쓰미 마고베노조內海孫兵衛丞라고 하는데 그대의 고향인 사쿠슈 다케야마 성의 신멘가에서 육인조라고 불리던 자들이오."

이어서 나머지 사람들이 자신의 이름을 밝혔다.

"나는 고야마 한타유香山半太夫라고 하오."

"나는 이도 가메몬노조井戶龜右門丞."

"난 후나히키 모쿠에몬노조船曳杢右衛門丞."

"기나미 가가시로木南加賀四郎."

"모두가 그대와 같은 동향 사람들이고 또한 이 중에 우쓰미와 고야마 두 노인은 그대의 선친인 신멘 무니사이 님과 막역한 친구 분이셨소이다."

"아, 그럼?"

무사시는 친근한 웃음을 지어 보이며 그들에게 다시 인사를 했다. 그들의 말을 듣고 보니 정말 그들의 말투에는 독특한 고향 사투리가 섞여 있었다. 게다가 사투리는 이내 자신의 소년 시절을 떠올리게 하는 그리운 고향 땅의 향수까지 느끼게 했다.

"인사가 늦어 죄송합니다. 말씀하신 대로 저는 미야모토 촌의 무니사이의 아들, 어릴 적에는 다케조라고 불렸습니다. 한데 어떻게 고향 어른들께서 이리 함께 이곳에 오셨는지요?"

"그대도 알다시피 세키가하라의 전투 이후, 주군인 신멘가가 멸망하여 우리들은 낭인의 신세가 되어 규슈로 흘러들었네. 이곳 부젠에 와서 한때는 말굽 등을 만들며 목숨을 부지하고 있었는데 운이 좋아 선지 호소가와가의 선군이신 산사이 공의 부름을 받고 지금은 모두 호소가와가를 섬기고 있네."

"그러시군요. 뜻밖의 장소에서 이렇듯 돌아가신 선친의 친구분들을 뵙게 될 줄은 몰랐습니다."

"우리도 뜻밖일세. 반갑기 그지없네. 자네의 지금 모습을 한 번만이라도 무니사이에게 보이고 싶구만."

한타유와 가메몬노조 등은 서로 얼굴을 바라보다가 무사시의 모습을 물끄러미 쳐다보며 말했다.

"참, 용건을 잊고 있었군. 실은 조금 전에 사도 님 댁에 들렀는데 자네가 그곳에 왔다가 곧 돌아갔다는 말을 듣고 그대로 보내서는 안 되겠다 싶어 급히 뒤를 쫓아온 것이네. 사도 님께도 미리 말씀을 드려 자네가 고쿠라에 도착하면 꼭 하룻밤 조촐한 자리를 마련해서 함께 하기 위해 기다리고 있었네."

고야마가 이렇게 말하자 한타유도 옆에서 거들었다.

"그리고 현관에서 인사만 하고 그대로 돌아가는 법이 어디 있는가? 자, 우리와 함께 가세."

그는 아버지의 친구라는 신분을 앞세워 불문곡직하고 무사시의 손을 잡아끌면서 걸음을 옮겼다. 무사시는 차마 거절하지 못하고 머뭇거리며 걸음을 옮기다 말했다.

"호의는 감사합니다만 역시 사양하는 것이 좋겠습니다."

그러자 사람들이 이해하지 못하겠다는 듯 말했다.

"왜 그러는가? 모처럼 고향 사람들이 대사를 앞둔 자네를 맞아 자리를 마련하였는데……."

"사도 님도 우리와 같은 생각이시네. 자네가 그리 사양하면 사도 님께도 실례일세."

"아니 대체 무엇 때문에 그러는가?"

그들은 다소 기분이 상한 듯했는데 그중에서도 생전의 무니사이와 막역한 벗이었던 우쓰미 마고베노조가 꾸짖듯 말했다.

"그런 법이 어디 있는가!"

"결코 다른 뜻이 있어서가 아닙니다."

무사시가 공손히 사죄했지만 그들이 사죄만으로 끝낼 일이 아니라는 듯 무엇 때문에 그러는지 이유를 따져 묻자 무사시는 어쩔 수 없이 자신의 생각을 밝혔다.

"믿을 것은 못 되겠지만 세간의 소문을 들으니, 이번 시합으로 인해 호소가와가의 두 노신이신 나가오카 사도 님과 이와마 가쿠베 님이 대립하게 되었고 또한 같은 번의 가신들도 대치를 하고 있다고 합니다. 한쪽은 간류를 내세워 주군의 총애를 얻으려 하고 나가오카 님은 그를 배척하며 자신의 파벌을 공고히 하려 한다는 이야기를 저잣거리에서 들었습니다."

"흐음……."

"필시 항간에 떠돌아다니는 풍설에 지나지 않을 터지만 세상의 소문이란 무서운 것입니다. 저 같은 일개 낭인에게는 거리낄 것이 아무것도 없겠지만, 번의 정무에 관여하시는 나가오카 님이나 이와마 님은 결코 백성들이 그러한 의심을 품게 해서는 안 될 것입니다."

"과연 일리 있는 말이네!"

그들은 탄복한 듯 외쳤다.

"그래서 자네는 가신의 저택에 잠시라도 머무는 것을 꺼려하는 것인가?"

무사시는 웃음을 거두며 말했다.

"아닙니다. 그것은 단지 변명에 지나지 않고, 실은 저는 태생이 야인과 같으니 마음 편히 있고 싶어서입니다."

"자네 마음은 잘 알겠네. 아닌 땐 굴뚝에서 연기 날 리 없는 법, 우리들의 생각이 짧았네."

그들은 무사시의 사려 깊음에 감탄을 했다. 하지만 이대로 헤어지기는 섭섭했는지 그들은 서로 머리를 맞대고 이야기를 하더니 이윽고 기나미 가가시로가 모두를 대신해서 무사시에게 자신들의 바람을 말했다.

"실은 우리는 십 년 전부터 매년 사월 십일일에 회합을 가져왔는데 한 번도 거른 적이 없네. 회합에는 동향 여섯 명 외에 다른 사람은 들어올 수 없는데 자네라면 같은 고향, 게다가 선친인 무니사이 님과 친우도 있으니 들어와도 좋지 않을까 하고 방금 의논한 것이네. 비록 성가시더라도 이 회합에라도 잠시 들리지 않겠나? 그것은 번의 일과는 달리 세간의 눈도 없고 입방아에 오르내릴 일도 없으니 말이네."

그리고 그는 다시 덧붙이기를 방금 자신들은 만약 무사시가 나가오카가에 머물면 회합은 연기할 생각으로 그곳에 들렀던 것이라고 했다. 또 기왕 이렇게 되었으니 자신들의 회합에 함께 가는 것이 어떻겠느냐고 무사시의 의중을 물었다. 무사시도 더 이상 사양하기 어려운 듯 승낙을 했다.

"그렇게까지 말씀하시니……."

모두들 기뻐해 마지않았다.

"자, 그럼 다시 회합 장소에서 만나기로 하고……."

그들은 바로 무언가를 상의하더니 가가시로를 무사시 옆에 남겨 두고 일단 모두들 각자 집으로 돌아갔다.

무사시와 가가시로는 근처에 있는 찻집 앞에서 해가 지기를 기다렸다가 초저녁 길을 따라 반 리 정도 떨어진 이타쓰 다리 근처까지 왔다. 그곳은 성 아래 외곽에 있는 길이어서 번사들의 집은 물론이고 술집도 없었다. 다리 옆에는 가도의 길손이나 마부 들을 상대로 하는 풀이 무성하게 자라 처마까지 뒤덮고 있는 촌스러운 주막이나 여인숙 등의 불만 보일 뿐이었다.

'수상한 곳이군!'

무사시는 의심스런 마음이 들 수밖에 없었다. 고야마 한타유, 우쓰미 마고베노조를 비롯해서 연배나 위엄으로 보아서는 모두 번에서 응당한 지위에 있을 듯한 무사들인데 어째서 일 년에 한 번 모이는 장소를 이런 불편하고 촌구석 같은 곳으로 정했는지 의심스러웠다.

'혹 그런 구실로 무슨 계략을 꾸민 것은 아닐까? 아니, 그럴 리가 없다. 그들에게서 적의나 살의를 느낄 수가 없었다.'

"벌써 모두들 모여 있는 듯하군. 자, 이쪽으로."

무사시를 다리 위에서 기다리게 하고 강가를 살피던 가가시로가 그렇게 말하며 제방의 샛길을 찾으러 먼저 내려갔다.

'음, 장소는 배 안이었군!'

무사시는 자신이 지나치게 의심을 한 것 느끼고 쓴웃음을 지으며 강가로 내려갔는데 그곳에는 배 같은 것은 찾아볼 수가 없었다. 그러나 가가시로를 비롯한 여섯 명은 이미 와 있었다. 애초에 자리라고 하는 건 강가에 깔아 놓은 멍석 두세 장이 전부인 듯했다. 그 멍석 위에 고야마와 우쓰미 두 노인을 필두로 가메몬노조, 후나히키 모쿠에몬노조, 아사카 하치야타安積八弥太들이 무릎을 꿇고 앉아 있었다.

"이런 누추한 자리에 일 년에 한 번인 우리들의 모임에 동향인 무사시 님이 찾아 주신 것도 인연이 아닌가 하오. 자자, 그쪽에 편히 앉으시오."

그들은 무사시에게도 멍석 한 장을 권하면서 강가에는 없었던 아사카 하치야타를 소개했다.

"저 사람도 사쿠슈 낭인 중 한 명으로 지금은 호소가와가의 기마 무사직을 맡고 있소이다."

무사시는 도무지 이해할 수 없었다. 풍류의 취향인지 아니면 사람들의 눈을 피해서 만나야 할 회합인지, 비록 멍석 하나뿐이었지만 초대를 받은 입장이어서 공손하게 앉아 있었는데 이윽고 연장자인 우쓰미 마고베노조가 말을 꺼냈다.

"저런, 편히 앉으시게. 그리고 각자 가지고 온 술이 있을 터인데 그것은 조금 있다 뜯기로 하고 우리들 회합의 관례를 먼저 치를 터인데, 그리 오래 걸리지 않으니 잠시 거기서 기다려 주길 바라네."

이윽고 모두 함께 정좌를 하더니 각자 가지고 온 듯한 한 다발의 짚단을 풀어 놓더니 편자를 만들기 시작했다.

말의 편자를 만드는 그들 모두 엄숙한 표정으로 무서우리만치 경건한 모습으로 아무 말도 하지 않고 열중하고 있었다.

"……."

무사시는 이상하게 여겼지만 아무 말 없이 바라보고 있었다.

"다 됐는가?"

이윽고 고야마가 모두를 둘러보며 물었다. 그는 이미 한 쌍의 편자를 다 만들었다.

"완성했습니다."

가가시로가 말했다.

"나도 다 됐습니다."

아사카도 완성한 한 쌍의 편자를 고야마 앞에 내밀었다. 마침내 여섯 쌍의 편자가 다 완성됐다. 그들은 옷에 묻은 먼지를 털고 옷매무새를 바로잡더니 여섯 쌍의 편자를 굽이 달린 소반 위에 얹어 한가운데에 놓았다. 다른 소반에는 준비해 온 술이 있었고 옆에 있는 쟁반에는 술병이 놓여 있었다.

"자, 그럼 모두 함께."

연장자인 우쓰미 마고베노조가 제문을 읽듯 엄숙하게 말했다.

"우리들에게는 잊을 수 없는 게이초 오년, 그 세키가하라 전투 이후 십삼 년이 지났소이다. 서로 뜻하지 않게 목숨을 연명하여 오늘이 있기까지는 오로지 주군 호소가와 공의 은덕에 다름 아니니 그 은공은 자손의 대까지 잊어서는 아니 될 것이오."

"예……."

모두들 눈을 내리깔고 옷깃을 여미며 우쓰미의 말을 듣고 있었다.

"허나 지금 그 가문은 멸망하였다고는 하나 옛 주군인 신멘가의 누대의 은덕도 잊어서는 아니 되오. 또한 우리들이 이곳에 흘러 들어왔을 때의 비참했던 신세 역시 잊어서는 아니 되오. 이 세 가지 일을 잊지 않기 위해 매년 회합을 가져 왔소. 먼저 올해도 이렇듯 모두 무사히 함께 모인 것을 축하하는 바이오."

"마고베노조 님, 말씀하신대로 저희들은 호소가와 주군의 자애, 옛 주군의 은혜, 그리고 지난날의 영락한 신세에서 벗어난 오늘, 천지의 은혜를 한순간이라도 잊지 않고 있습니다."

모두 이렇게 말하자 마고베노조가 감사의 절을 올리자고 했다. 여섯 명은 무릎을 바로하고 양손을 땅에 짚더니 저편 어두운 하늘 아래 우뚝 솟은 고쿠라 성을 향해 절을 했다. 다음은 옛 주군의 땅이자 선조들이 묻힌 사쿠슈를 향해 똑같이 절을 올렸다. 그들은 마지막으로 자신들이 만든 편자를 향해 성심을 다해 깊이 머리를 조아렸다.

"무사시 님, 우리들은 지금부터 이 강가 위에 있는 이곳의 수호신을 모신 사당까지 참배를 가서 편자를 올리고 올 것이오. 그것으로 의식이 끝이 나니 그 후에는 술을 마시며 이야기를 나누도록 합시다. 그러니 잠시 이곳에서 기다려 주시오."

한 사람이 편자를 올린 소반을 들고 앞서 가자 나머지 사람들은 그 뒤를 따르며 사당의 경내로 올라갔다. 그들은 말편자를 가도 쪽을 향해 있는 신사의 기둥 앞에 있는 나무에 매달고 절을 한 후에 다시 본래의 자리로 돌아왔다.

이윽고 술자리가 시작되었는데 삶은 고구마와 죽순과 된장, 말린 생선과 같이 부근의 농가에서 흔히 볼 수 있는 음식으로 장만한 검소한 연회였다. 하지만 술자리는 웃음과 이야기꽃으로 가득했다.

술과 이야기가 어느 정도 오가자 무사시는 그제야 물어보았다.

"이런 화목한 회합에 때마침 함께하게 되어 저도 아주 즐겁습니다. 그런데 아까 말편자를 만들어 소반에 얹고서 절을 하고 또 고향 땅과 성을 향해 절을 하신 것은 대체 어찌 된 일인지요?"

"이상하게 생각하는 것도 당연할 것이오."

우쓰미는 기다리고 있었다는 듯 다음과 같이 설명을 해 주었다. 게이초 오년, 세키가하라 전투에서 패한 신멘가의 무사들은 대부분 규슈로 흘러들었는데 지금의 여섯 명도 패잔병의 한 무리였다고 했다. 본시 농사나 장사는 할 줄 몰랐던 그들은 그렇다고 해서 친척들에게 머리를 숙이고 도와 달라거나 도적이 될 수도 없어 모두 이곳 다리 한편에 초라한 헛간 한 채를 빌려 말편자를 만들며 살고 있었다는 것이었다. 그렇게 삼 년 동안, 오가는 마부들에게 자신들이 만든 편자를 팔아서 근근이 살아가고 있었는데, 마부들이 자신들을 보고 모두 보통 사람들이 아닌 듯하다며 수군거리고 다녔고, 그 소문이 당시 번주였던 산사이 공의 귀에까지 들어가게 되었다. 그래서 조사를 해 보니 옛 신멘가의 가신들로 육인조라고 불리는 무사들이라는 사실을 알고 가련히 여겨 받아들였다는 것이었다. 당시 교섭을 하러 왔던 호소가와 번의 가신이 자신이 군주의 명을 받고 왔는데 녹에 대한 말씀은 없으셨지만 중신들이 의논해서 여섯 명에게 천 석을 내리려 하니 어떠냐는 말을 남기고 돌아갔다는 것이다. 세키가하라의 패잔병이라면 이곳에서 쫓아내더라도 관대한 처사라 생각하고 있었는데 그들에게 천 석이나 되는 녹을 내리겠다고 하니 여섯 명은 산사이 공의 은혜에 감읍할 뿐이었다. 그런데 이도 가메몬노조의 어머니는 허락할 수 없다며 극구 반대했다.

"산사이 공의 은덕은 눈물이 나올 만큼 기쁘다. 허나 자네들은 지금 이렇게 영락하였지만 신멘 이가노가미 님의 신하들로 번사의 위에 있었던 사람들이 아닌가. 그런데 여섯이 천 석이라는 녹에 기뻐하며 부름에 응한다고 하면 말편자를 만들고 있었던 몸이 더욱 비참해질 것이네. 또 산사이 공의 은덕에 보답하기 위해 신명을 바쳐 봉공을 해야 할 터인데 단지 여섯 명이 한갓 구휼미와 같은 천 석의 녹에 그럴 수는 없는 일이네. 자네들은 출사를 하더라도 내 자식은 보낼 수가 없네."

그래서 그들 모두 의견을 모아 사양하자 번의 무사가 그것을 자신의 주군에게 전했다. 산사이 공은 그 말을 듣고 연장자인 우쓰미 마고베노조에게 천 석, 나머지 자들에게는 각각 이백 석을 내리라고 명했다. 마침내 여섯 명 모두 출사를 결심하고 산사이 공을 알현하러 등성하려는데 여섯 명의 초라한 행색을 보았던 무사가 산사이 공에게 '분명 등성하는 데 필요한 복장도 가지고 있지 않을 듯하니 녹의 얼마라도 먼저 주는 것이 좋을 듯하다'고 고했다. 그러자 산사이 공은 껄껄 웃으며 '공연히 그런 말을 꺼내 부끄러움을 느끼게 할 필요가 없으니 그저 잠자코 두고 보자'고 답했다. 그런데 의외로 말편자를 만들고 있던 여섯 명이 성에 들어왔을 때에는 풀을 먹인 단정한 의복을 입고 모두 자신들에게 어울리는 칼을 차고 있었다.

무사시는 마고베노조의 이야기를 흥미진진하게 듣고 있었다.

"우리 여섯 명은 이렇게 호소가와가의 가신이 된 것인데 생각해 보니 이는 모두 천지신명의 은혜인 듯하오. 선조와 주군의 은혜는 잊으려야 잊을 수도 없지만, 한때 구차한 목숨을 연명하게 해 준 말편자의 은혜도 평생 잊지 말자고, 호소가와가의 가신이 된 이날을 매년 회합의 날로 정하고 이렇게 지난날을 기억하며 세 가지 은혜를 가슴에 새기면서 비록 초라한 술자리지만 축하를 하고 있는 것이오."

우쓰미는 그렇게 덧붙이고 무사시에게 잔을 내밀었다.

"우리들 얘기만 한 것 같아 미안하오. 비록 변변치 못한 자리지만 우리의 마음만은 알아주시길 바라오. 그리고 내일모레 시합은 정정당당하게 임해 주시오. 그대의 뼈는 우리가 수습하겠소. 하하하."

무사시는 잔을 받아 들고 말했다.

"황송합니다. 청루의 미주美酒도 이에 이르지 못할 것입니다. 그 마음을 저도 닮고 싶을 따름입니다."

"당치도 않은 소리요. 우리와 같은 자들을 닮으려다가는 말편자를 만들어야 하지 않겠소."

그때, 제방 위에서 돌멩이 몇 개가 굴러 떨어졌다. 사람들이 그쪽을 돌아보자 몸을 숨기는 그림자가 보였다.

"누구냐?"

기나미 가가시로가 벌떡 일어나서 제방을 향해 뛰어 올라갔고 또 한 명이 칼을 들고 뒤따라갔다. 제방 위에서 살펴보던 두 사람이 이윽고 크게 웃으며 아래쪽을 향해 외쳤다.

"간류 쪽 사람들 같네. 이런 곳에 무사시 님을 초대해서 머리를 맞대고 있으니 무슨 계략이라도 꾸미고 있는 줄 알았나 보오. 당황해서 달아나 버렸네."

"하하하, 저쪽에서 그리 의심하는 것도 무리가 아닐 것이네."

사람들은 크게 마음을 쓰지 않았지만 무사시는 문득 성 안의 움직임이 신경이 쓰였다.

'오래 앉아 있지 않는 것이 좋을 듯하군. 동향 분들인 만큼 더욱더 폐를 끼칠 수는 없는 일.'

그렇게 생각한 무사시가 지금까지의 호의에 깊이 감사를 표하고 홀연 일어서더니 언제나 그렇듯 표연히 자리를 떠났다.

다음 날인 십이일, 나가오카가에서는 무사시가 당연히 고쿠라 성 아래에 묵으며 시합을 기다리고 있으리라 생각하고 무사들을 보내 찾고 있었다.

"왜 만류하지 않은 것이냐?"

가신들은 나가오카 사도에게 꽤나 혼이 난 듯했다. 지난밤 이타쓰 강가에서 무사시와 함께 술을 마신 여섯 명도 사도의 명을 받고 무사시를 찾아다녔지만 행방을 알 수가 없었다. 무사시는 십일일 밤부터 행방이 묘연했다.

"흠, 대체 어디에 있는 것인가?"

시합 전날, 사도의 흰 눈썹에 초조함이 묻어났다.

이날 고지로는 오랜만에 성에 들어가 주군인 다다토시에게 격려의 말과 따라주는 술을 받은 후에 말을 타고 의기양양 저택으로 돌아왔다. 저녁 무렵, 마을에서는 무사시에 대해 이런저런 풍설이 떠돌고 있었다.

"겁을 집어먹고 도망을 친 것 같다."

"도망친 것이 분명한다."

"아무리 찾아봐도 모습이 보이지 않는다."

종적이 묘연한 무사시를 두고 수많은 추측이 떠도는 가운데 십삼일 새벽이 밝았다.

해 뜰 무렵

나가오카 사도는 잠을 이루지 못했다. 설마, 하고 생각했지만 때때로 그렇게 생각했던 사람이 막상 일이 닥치자 표변하는 일도 있다는 생각이 들었다.

사도는 주군 앞에서 할복까지도 생각했다. 무사시를 천거한 사람은 바로 자신이었다. 번의 이름을 걸고 시합을 하기로 한 오늘, 만약 당사자인 무사시가 행방을 감추는 일이 발생한다면 자결을 할 수밖에 없었다. 그는 진지하게 할복을 고려하면서 맑게 갠 아침 하늘을 올려다보았다.

"내가 실수한 것일까?"

체념과도 같이 혼잣말을 중얼거리며 방청소가 끝날 동안 이오리를 데리고 정원을 걷다가 돌아왔다.

"다녀왔습니다."

어젯밤부터 무사시를 찾으러 나갔던 누이노스케가 지친 얼굴로 옆문에서 나타났다.

"어찌 되었느냐?"

"찾지 못했습니다. 성 아래 여인숙에는 무사시 님을 닮은 사람도 보지 못했습니다."

"사찰도 찾아보았느냐?"

"예. 그리고 부중의 사원, 저잣거리 도장까지 들를 만한 곳을 아사카 님과 우쓰미 님 등이 찾아보고 오겠다고 했는데 그 여섯분들은 아직 연락이 없었는지요?"

"아직 돌아오지 않았다."

사도의 미간에 수심이 가득했다. 정원수 너머로 쪽빛 바다가 보였다. 하얗게 부서지는 물마루가 가슴까지 밀려오는 듯했다.

"……."

사도는 매화나무 사이를 초초한 듯 걷고 있었다.

"어디 있는 걸까?"

"어디에도 보이지 않는군."

"이럴 줄 알았으면 헤어질 때 행선지를 물어 둘 걸 그랬군."

밤새 무사시를 찾아 헤매던 가메몬노조와 가가시로가 핼쑥해진 얼굴로 모두 돌아왔다. 사람들은 마루에 걸터앉아 작금의 사태를 두고 의견이 분분했다. 시간은 점점 가까워지고 있었다. 이날 아침, 사사키 고지로의 문전을 먼발치에서 보고 왔다는 가가시로의 말에 의하면,

어젯밤부터 그곳에는 이삼백 명의 사람들이 모여서 문을 활짝 열어젖히고 현관에는 용담 문장을 수놓은 막을 치고 정면에는 금병풍을 쳐 놓았다고 했다. 새벽녘에는 문하생들이 성 아래 세 곳의 신사에 가서 오늘 시합에서의 필승을 기원하는 등 분주한 모습이었다고 했다. 그에 비해 사도 쪽 사람들은 비참하고 피곤함이 역력한 모습으로 서로의 얼굴을 바라보고만 있었다. 그젯밤 여섯 명들도 무사시의 고향이 자신들과 같은 사쿠슈였던 만큼 얼굴을 들 수가 없는 듯 참담한 심경이었다.

"그만 됐다. 이제 와서 찾아본들 너무 늦었다. 모두 그만 물러가거라."

사도는 그렇게 말하고 사람들을 모두 물렸다. 가가시로와 아사카 등이 흥분해서 돌아갔다.

"반드시 찾아내고 말 테다. 설사 오늘이 지나더라도 반드시 찾아내서 베어 버릴 테다."

사도는 청소가 끝난 방으로 들어가서 평소처럼 행로에 향을 피웠다.

"혹여……."

누이노스케는 가슴이 철렁했다. 그러자 여전히 정원 끝에 서서 바다를 바라보고 있던 이오리가 문득 그에게 말했다.

"누이노스케 님, 시모노세키의 고바야시 다로자에몬 님 댁은 찾아보셨습니까?"

"아, 그렇군!"

사도와 누이노스케는 무릎을 쳤다. 무사시가 있을 만한 곳은 그곳

말고는 달리 생각할 데가 없었다.

"누이노스케, 미처 생각을 못 했구나. 네가 바로 가서 모셔 오너라."

"예, 알겠습니다. 이오리, 참 용하구나."

"저도 가겠습니다."

"주군, 어떻게 하시겠는지요?"

"그래, 다녀오너라. 잠깐, 서신도 함께 가지고 가거라."

사도는 편지를 쓰고는 전할 말도 덧붙였다.

'시합 시각은 진시 상각, 상대인 간류는 번의 배로 후나시마에 가기로 되어 있으며, 지금이라면 아직 시간이 충분하니 귀공도 이곳에 와서 준비를 한 후에 우리 배를 타고 시합 장소로 가는 것이 어떠하시오?'

사도의 이런 뜻을 가지고 누이노스케와 이오리는 번의 배를 타고 시모노세키로 가서 고바야시 다로자에몬 가게의 직원에게 물어보자 잘은 모르지만 얼마 전부터 젊은 무사 한 분이 묵고 있는 듯하다고 했다.

"아, 역시 이곳에 계셨군."

누이노스케와 이오리는 얼굴을 마주 보고 빙긋 웃었다. 두 사람은 주인인 다로자에몬을 만나 물었다.

"무사시 님께서 이 댁에 머물고 계시지 않습니까?"

"예, 계십니다."

"그 말을 들으니 마음이 놓입니다. 실은 어젯밤부터 제 주군께서 얼마나 근심하고 계셨는지 모릅니다. 속히 말씀을 전해 주시면 고맙겠습니다만."

다로자에몬은 안으로 들어가더니 이내 돌아와서 말했다.

"무사시 님은 방에서 아직 주무시고 계십니다."

"예?"

두 사람은 어이가 없었다.

"지금 주무실 때가 아니니 깨워 주십시오. 늘 이렇게 늦게 일어나십니까?"

"아닙니다. 어젯밤엔 저와 함께 밤늦게까지 이런 저런 담소를 나누다가……."

다로자에몬은 하인을 불러서 누이노스케와 이오리를 객실로 안내한 후에 무사시를 깨우러 갔다. 얼마 후에 무사시가 두 사람이 기다리고 있는 객실에 나타났다. 충분히 잠을 잔 그의 눈동자는 갓난아기의 눈처럼 맑았다. 무사시는 눈가에 미소를 띠며 자리에 앉으며 말했다.

"이른 시각에 무슨 일이신지요?"

누이노스케는 맥이 빠졌지만 바로 편지를 내밀며 사도의 취지를 전했다.

"아, 그렇습니까?"

무사시는 편지를 건네받고 겉봉을 뜯었다. 이오리는 그런 무사시의 모습을 뚫어지게 바라보고 있었다.

"사도 님의 뜻은 고맙기 그지없습니다만."

무사시가 다 읽은 편지를 둘둘 말면서 이오리의 얼굴을 흘낏 보자 이오리는 눈물이 흐를 것 같아 황급히 고개를 숙였다. 무사시는 답신을 적고 나서 말했다.

“자세한 것은 서신에 적었으니 사도 님께 잘 전해 주시길 바랍니다.”

그러고는 후나시마에는 때를 맞춰 가겠으니 너무 심려 하지 말라고 말했다. 두 사람은 하는 수 없이 답신을 가지고 곧 밖으로 나왔다. 이오리는 그때까지 아무 말도 하지 않았고 무사시도 한 마디 말도 걸지 않았다. 그러나 그 무언 속에는 사제의 정과 말로는 나눌 수 없는 무언가가 담겨져 있었다.

두 사람이 돌아오기를 학수고대하던 사도는 무사시의 답신을 받아 들고는 가벼운 안도의 한숨을 쉬었다.

사도 님의 배로 소생을 후나시마까지 보내 주시겠다고 말씀하시니 그저 황송하고 고마울 따름입니다. 그러나 저와 고지로가 이번에 시합을 함에 있어, 고지로는 주군의 배편으로 가고 저는 사도 님의 배를 타고 간다면, 사도 님께서는 주군의 반대편에 서게 되는 것과 같을 것입니다. 그러하니 저에 대해 마음을 쓰시지 않는 것이 좋을 듯합니다. 금번, 직접 만나 뵙고 인사를 올려야 하나 이러한 연유로 일부러 아무 말도 없이 이곳에 머물게 되었습니다. … 중략 … 저는 이곳에 있는 배편으로 때에 맞춰 가려 하니 부디 너그러이 봐주시길 바랍니다.

사월 십삼일 미야모토 무사시

“…….”

사도는 여전히 아무 말 없이 서신을 들여다보고 있었다.

겸허한 마음과 배려심이 깊게 배어 있었다. 무엇보다 그의 세심한 마음이 느껴지는 편지였다. 사도는 어젯밤부터 초조해하던 자신의 모습이 한심하게 여겨졌다. 이런 겸손한 마음을 가진 이를 조금이라도 의심했던 자신이 부끄러워졌다.

"누이노스케."

"예."

"무사시 님의 이 서신을 가지고 가서 우쓰미 마고베노조와 다른 사람들에게 보여 주고 오너라."

"알겠습니다."

누이노스케가 물러가려고 하자 장지문 뒤에 있던 시종이 재촉했다.

"나리, 용무가 끝나셨으면 오늘 입회를 위해 속히 준비를 하시는 것이 좋을 듯합니다."

사도는 침착하게 말했다.

"알았다. 허나 아직 이를 것이다."

"다소 이르긴 합니다만 오늘 같이 입회하시는 이와마 님께서는 방금 배를 타고 출발했다고 합니다."

"서두를 필요는 없다. 이오리, 잠깐 이리 오너라."

"예, 무슨 일이신지요?"

"너도 사내일 것이다."

"예? 예."

"무슨 일이 있어도 울지 않을 자신이 있느냐?"

"울지 않습니다."

"그렇다면 나와 함께 후나시마로 가자. 어쩌면 네 스승인 무사시 님의 유골을 수습해서 돌아와야 할지도 모른다. 그래도 가겠느냐? 울지 않을 수 있겠느냐?"

"가겠습니다. 절대로 울지 않겠습니다."

누이노스케는 그들의 말을 등 뒤로 들으며 문밖으로 뛰어가고 있었다. 그런데 담장 그늘에서 그를 부르는 초라한 행색을 한 여자가 있었다.

"무사님, 잠깐만 기다려 주십시오."

여자는 아이를 업고 있었다. 누이노스케의 마음이 다급했지만 여자의 행색을 보고 의아해하며 물었다.

"왜 그러는가?"

"무례한 행동인 줄 알면서도, 이렇게 초라한 행색으로 안으로 들어갈 수도 없어서……."

"그럼 문 앞에서 기다리고 있었소?"

"예. 저, 무사시 님이 오늘 시합을 피해 도망갔다는 마을의 소문을 들었는데 그게 정말인지요?"

"누가 그런 말도 안 되는 소리를 하던가?"

어젯밤부터의 울분을 한꺼번에 분출시키듯 누이노스케가 외쳤다.

"무사시 님이 그럴 분인가? 그럴 분이 아니란 걸 진시가 되면 알게 될 터이네. 나는 방금 무사시 님을 만나 뵙고 편지까지 받아온 참이네."

"예? 만나셨습니까? 그럼 어디서 ?"

"한데 그대는 누구인가?"

"예."

여인은 고개를 숙이며 말했다.

"무사시 님과 아는 사람입니다."

"흐음, 그럼 그대도 근거도 없는 소문에 걱정을 하고 있었군. 일이 급하지만 무사시 님의 답신을 잠깐 보여 줄 터이니 걱정하지 마시게. 여기 이처럼……."

누이노스케가 그것을 읽어 주고 있는데 그의 뒤편으로 다가와서 눈물 섞인 눈으로 훔쳐보는 사내가 있었다. 누이노스케가 그것을 깨닫고 뒤를 돌아보자 사내는 황망히 인사를 하며 눈을 돌렸다.

"그대는 누구인가?"

"예. 저 여인과 일행입니다."

"남편인가?"

"예. 그리고 고맙습니다. 무사시 님의 필적을 보니 어쩐지 만난 거나 다름이 없는 생각이 듭니다. 그렇지, 여보?"

"이것으로 안심했습니다. 비록 직접 볼 수는 없지만 저희들의 마음이 닿을 수 있도록 멀리서나마 기원을 드리겠습니다."

"저기 강가에 난 언덕 위에 올라가서 섬을 보면 될 것이네. 오늘은 날이 아주 화창하니 후나시마 둔치가 어렴풋이 보일지도 모르네."

"바쁘신데 방해를 해서 송구했습니다. 그럼 안녕히 가십시오."

아이를 업은 부부는 성 외곽의 소나무 산을 쪽으로 걸음을 재촉했다. 누이노스케도 서둘러 걸음을 옮기려다 갑자기 그들을 불러 세웠다.

"여보시게, 괜찮다면 그대들 이름을 말해 줄 수 있겠는가?"

부부는 뒤를 돌아보며 공손히 인사를 하며 말했다.

"무사시 님과 같은 사쿠슈 출신인 마타하치라고 합니다."

"아케미라고 합니다."

누이노스케는 고개를 끄덕이고는 쏜살같이 달려갔다.

한동안 누이노스케의 뒷모습을 바라보던 두 사람은 서로 마주 보다 아무 말도 하지 않고 걸음을 재촉해서 고쿠라와 모지가세키의 사이에 있는 소나무 산 위로 헐떡이며 올라갔다. 정면에 후나시마가 보였고 다른 몇 개의 섬도 보였다. 이날은 가이몬 저편으로 나가토長門의 산 굽이까지 선명하게 보였다.

두 사람은 손에 들고 있던 거적을 깔고 바다를 향해 나란히 앉았다. 철썩, 철썩. 절벽 아래의 파도 소리에 세 명의 머리 위로 솔잎이 떨어졌다. 아케미는 아기를 앞으로 돌려 안았다. 마타하치는 양손으로 무릎을 낀 채 오로지 쪽빛 바다만 바라보고 있었다.

빛과 그림자

이날 아침 누이노스케는 주군인 나가오카 사도가 후나시마로 떠나는 시간에 맞추기 위해 서둘렀다. 사도가 말한 대로 여섯 명의 집을 돌아다니며 무사시의 답신과 상황을 알리고 급히 되돌아가던 중이었다.

"앗, 간류 쪽?"

그는 걸음을 멈추고 그늘 뒤편으로 몸을 숨겼다. 그곳은 봉행소에서 반 정町쯤 앞에 있는 바닷가였다. 그곳 기슭에서는 이른 아침부터 오늘 시합의 입회나 또 불의의 사태에 대비한 경비와 시합 장소를 준비하기 위해 번의 무사들이 패를 나눠 후나시마로 속속 떠나고 있었다.

지금도 번사 한 명이 새로 건조한 듯한 배 한 척에 올라 기다리고 있었다. 누이노스케는 그것이 번의 군주가 특별히 고지로에게 내린 배임을 한눈에 알 수 있었다. 배에 별다른 특징은 없었지만 그곳에 서 있는 백여 명의 면면들은 모두 평소에 고지로와 친하거나 혹은 못 보던 얼굴이었기 때문에 이내 알 수가 있었다.

"아, 저기 오시는군."

사람들은 배의 양쪽에 서서 같은 방향을 돌아다보았다. 누이노스케도 소나무 뒤편에서 그쪽을 보았다. 고지로는 봉행소의 휴게소에서 타고 온 말을 매어 두고 잠시 쉬고 있었던 듯싶었다. 그는 관인들의 전송을 받으며 자신의 애마를 맡기고 함께 온 다쓰노스케 한 명만을 데리고 모래사장을 지나 배가 있는 곳으로 걸어갔다.

"……."

고지로의 모습이 가까워질수록 사람들은 모두 엄숙히 줄지어 서서 그가 지날 길을 열어 주었다. 그들은 이날 고지로의 화려한 옷차림을 보고 그만 황홀해져서 자신들도 마치 시합을 하러 나가는 듯한 기분이 들었다.

고지로는 하얀 비단 통소매에 눈이 부실 만큼 진홍색 덧옷을 받쳐 입고 포도색으로 물들인 가죽으로 만든 치마바지를 입고 있었다. 또 짚신을 신고 있었는데 약간 물에 축인 듯 보였다. 작은 칼은 평소에 차던 것이었지만 관직에 오른 뒤로는 조심하느라 차지 않았던 비젠 나가미쓰肥前長光라고도 불리는 애검인 모노호시자오를 오랜만에 허리에 차고 있었다. 그 칼은 삼 척이 넘었는데 겉으로 보기에도 날이 서 있어서 사람들의 눈을 사로잡았다.

파도 소리와 바람 소리 때문에 누이노스케가 있는 곳에서는 사람들의 목소리와 고지로의 목소리가 들리지 않았지만 그의 얼굴에는 이제부터 생사를 건 시합에 임하는 사람으로 보이지 않을 만큼의 온화한 웃음이 멀리서도 또렷하게 보였다. 그는 웅성거리는 사람들에게 그 온화한 웃음을 지어 보이면서 새로 만든 작은 배에 올랐다. 다쓰노스케도 뒤를 이어 배에 올랐다. 두 명의 무사가 배에 오르더니 한 명은 뱃머리에 걸터앉았고 또 한 명은 노를 잡았다. 그리고 또 하나의 동행은 있었는데 그것은 바로 다쓰노스케의 손 위에 매, 아마유미였다.

이윽고 배가 육지에서 출발하자 일제히 함성을 지르는 사람들의 소리에 놀랐는지 아마유미가 푸드득 하고 날갯짓을 크게 했다. 바닷가에 서서 전송하는 사람들은 자리를 떠날 줄 몰랐다. 그들에게 답하기 위해 고지로도 배 안에서 뒤를 돌아다보았다. 노를 젓는 자도 그리 서두르는 기색도 없이 크고 완만하게 노를 저었다.

"시간이 다 되었군. 주군께 속히……."

누이노스케가 정신을 차리고 소나무 뒤편에서 급히 돌아가려다가 문득 자신이 있던 소나무에서 예닐곱 그루 정도 떨어진 소나무 그늘에 몸을 붙이고 혼자서 울고 있는 여인을 발견했다. 그녀는 파란 바다 저편으로 녹아들 듯 멀어져 가는 작은 배, 아니 고지로의 모습을 바라보며 흐느끼고 있었다. 그가 고쿠라에 온 지 얼마 되지 않는 시간이지만 곁에서 시중을 들던 오미쓰였다.

"……."

누이노스케는 눈을 돌렸다. 그리고 그녀가 놀라지 않도록 발소리를 죽여 바닷가에서 마을길로 걸어갔다.

"누구에게나 빛과 그늘이 있는 법. 화려한 겉모습의 뒤에는 저리 가슴 아파하는 사람이 있구나……."

그는 이렇게 중얼거리며 사람의 눈을 피해 슬퍼하고 있는 한 여인과 이미 바다 저편으로 멀어져 가는 고지로의 배를 다시 한 번 돌아다보았다. 바닷가에 있던 사람들도 어느덧 삼삼오오 무리 지어 그의 침착한 태도를 칭찬하고 이날 시합의 승리를 기대하며 돌아가고 있었다.

"다쓰노스케."

"예."

"아마유미를 이리……."

고지로가 왼 주먹을 내밀자 다쓰노스케는 자신의 주먹 위에 앉아 있던 매를 그에게 옮기고 조금 뒤로 물러섰다.

배는 후나시마와 고쿠라의 사이를 지나고 있었다. 해협의 조류가 빨라졌다. 하늘도 맑게 개어 있었지만 물결이 꽤 높았다. 뱃전을 넘어 물보라가 튈 때마다 매는 흥분한 듯 깃털을 곤두세웠다. 매조차 이날은 전의에 불타오르는 듯했다.

"성으로 돌아가거라."

고지로는 매의 족쇄를 풀고 하늘로 놓아 주었다. 매는 평소 사냥을 하던 때와 같이 하늘로 날아오르더니 하얀 깃털을 날리며 물새를 향해 달려들었다. 하지만 주인이 다시 부르지 않자 섬들을 지나 성이 있는 하늘가를 향해 날아가더니 이윽고 모습이 보이지 않았다.

고지로는 매가 날아가는 모습을 보지 않았다. 그는 매를 놓아 준 후, 몸에 지니고 있는 부적과 편지, 또 이와쿠니의 숙모가 정성스레 지은 범자를 수놓은 속옷까지, 본래 자신의 것이 아니었던 물건은 모두 바다에 흘려보냈다.

"마음이 홀가분하군."

고지로가 중얼거렸다. 지금 이 순간, 절대적인 것을 향해 가는 그는 사람들을 떠올리게 하는 정이나 인연 따위는 자신의 마음을 흐트러뜨릴 뿐이라고 생각했다. 자신이 이기길 기원하는 많은 사람들의 호의도 무거운 짐이었다. 신불의 부적조차 방해가 된다고 생각했다. 인간, 맨몸 하나뿐인 자신. 지금은 그 하나밖에 믿을 것이 없다는 사실을 깨닫고 있었다.

"……."

바닷바람이 얼굴로 불어왔다. 그의 눈 속에 후나시마의 소나무와 잡목 들이 점점 가까워지고 있었다.

한편, 맞은편 아카마가세키에 있는 무사시 쪽에서도 준비에 여념이 없었다. 이른 아침, 나가오카가의 누이노스케와 이오리가 무사시의 답신을 가지고 돌아간 뒤, 무사시가 몸을 의탁하고 있는 고바야시 다로자에몬의 바닷가 골목에 있는 가게에 모습을 보였다.

"사스케佐助, 사스케 없느냐?"

사스케는 다른 많은 직원들 중에서도 눈치가 빠른 젊은이였는데 가게에서 중요한 일이 있으면 꼭 그에게 맡기고 시간이 나면 가게 일을 돕는 젊은이였다.

"안녕히 주무셨습니까?"

주인의 모습을 보고 계산대에서 달려온 지배인이 먼저 인사를 했다.

"사스케를 부르셨습니까? 방금 전까지도 이곳에 있었는데……."

지배인이 다른 젊은이에게 외쳤다.

"주인님이 찾으시니 어서 사스케를 찾아오너라."

그리고 지배인은 화물 운송과 배편을 배정하는 일에 대해 주인에게 보고하려고 하자 다로자에몬이 고개를 저으며 가게 일과는 전혀 상관이 없는 일을 물었다.

"그것은 나중에 하고, 가게에 무사시 님을 찾아온 사람은 없었는가?"

"예, 아침에 안쪽에 계신 손님을 찾아오신 분이 있었습니다만."

"나가오카 님 댁에서 온 분들 말인가?"

"예, 그렇습니다."

"다른 사람은 없었는가?"

"글쎄……."

지배인은 볼에 손을 대고 생각해 보더니 말했다.

"제가 직접 본 건 아니지만, 어젯밤 가게 문을 닫은 뒤 초라한 행색에 눈이 날카로운 나그네가 떡갈나무 봉을 짚고 불쑥 들어와서는 무사시 님이 배에서 내린 뒤 이곳에 머물고 있다는 말을 들었는데 만나 뵙고 싶다고 하며 한동안 돌아가지 않았다 합니다."

"내 그렇게 무사시 님에 대해 함구령을 내렸는데 누가 함부로 입을 열고 다녔단 말인가!"

"아무래도 젊은 것들이 오늘의 시합을 두고 자랑을 하듯 지껄인 듯한데, 제가 호되게 꾸지람을 했습니다만."

"그러면 어젯밤 그 나그네는 어떻게 되었나?"

"사베 님이 나서서 아마 잘못 들으신 듯하다며 무사시 님은 이곳에 계시지 않다고 겨우 돌려보냈다고 합니다. 그때, 문밖에 여자 두세 명이 서성거리고 있었다고 합니다."

그때 부둣가의 다리 쪽에서 사스케가 나타났다.

"나리, 무슨 일이신지요?"

"사스케냐? 다른 일이 아니라 오늘 네게 중요한 일을 맡겨 놓았었는데, 확인할 필요도 없겠지만 혹시라도……."

"예, 명심하고 있습니다. 이번 일은 뱃사람에게 일생일대의 중요한 일이라 생각하고 새벽부터 일어나 목욕재계하고 새 무명을 허리에 감고 기다리고 있었습니다."

"어젯밤에도 말해 두었지만 배편 준비도 다 되어 있겠지?"

"준비하고 자시고 할 것도 없이 많은 배들 중에서 빠르고 깨끗한 걸 골라 소금을 뿌리고 배의 밑바닥까지 닦아 놓았으니 무사시 님께서 준비가 끝나시면 언제든 모시고 갈 수 있습니다."

다로자에몬이 다시 물었다.

"배는 어디다 매어 두었느냐?"

사스케가 평소대로 부둣가 기슭이라고 대답하자 다로자에몬이 잠시 생각하더니 말했다.

"그곳은 출발할 때 사람들 눈에 띌 것이다. 무사시 님은 사람들 눈에 띄지 않기를 바라시니 얼른 다른 곳에 대는 것이 좋겠다."

"알겠습니다. 그럼 어디다 대는 것이 좋을는지요?"

"집 뒤편에서 동쪽으로 두 정쯤 떨어진 소나무가 있는 바닷가 기슭이라면 왕래도 드물고 사람들 눈에도 그리 띄지 않을 게다."

다로자에몬은 그렇게 말하는 동안에도 어쩐지 안절부절못하는 모습이었다. 평소와 달리 이날은 가게도 아주 한가했다. 자시子時가 지날 때까지 가이몬을 오가는 배편이 금지되어 있는 탓도 있었고 또 건너편 모지가세키와 고쿠라와 함께 나가토 일대까지 오늘 후나시마에서 있을 시합에 사람들의 관심이 온통 쏠려 있기 때문인 듯했다. 길가에는 어디를 향해 가는지 사람들이 넘쳐 나고 있었다. 근처 번의 무사인 듯한 사람들부터 낭인, 유학자, 대장장이, 투구를 만드는 사람들도 보였고 승려에서 잡다한 상인과 백성 등까지 같은 곳을 향해 물이 흘러가듯 걸어가고 있었다. 사람들 속에는 장옷과 삿갓을 쓴 여자들의 모습도 보였다.

"빨리 와."

"울면 버리고 갈 테다."

어부의 아낙네들이 어린아이를 등에 업거나 손목을 끌고 당장 무슨 일이라도 일어날 듯 고함을 지르며 지나갔다.

"이래서야 어디……."

다로자에몬은 무사시의 마음을 헤아릴 수 있을 듯했다. 아직 시합이 몇 시간이나 남아 있었는데 사람들은 다른 사람이 목숨을 걸고 하는 시합을 단지 누가 이기고 질 것인가 구경하기 위해 흥미진진하다는 표정으로 몰려가고 있었다. 더욱이 배가 금지되어 있어 바다로는 나가지 못하고 산과 언덕에 오르더라도 육지에서 멀리 떨어져 있는 터라 후나시마가 보일 리 없는데도 말이다. 그래도 사람들은 몰려가고 있었다. 그렇게 사람들이 몰려가자 집에서 가만히 앉아 있을 수 없는 사람들도 별다른 이유도 없이 그들의 뒤를 따라가는 것이었다.

다로자에몬은 잠시 길가로 나가 잠시 사람들 속에 머물다 곧 집으로 돌아왔다. 자신의 방과 무사시가 머물던 방은 벌써 깨끗하게 치워져 있었다. 활짝 열어 놓은 바닷가를 향해 난 객실 천장의 나뭇결에 물결이 소용돌이치며 흔들리고 있었다. 바로 뒤편이 바다로, 파도에 반사된 아침 햇살이 빛의 반점이 되어 벽과 창호지에 둥둥 떠다니고 있었다.

"이제 오십니까?"

"오쓰루구나."

"어디 가셨나 하고 여기저기 찾고 있었습니다."

"가게에 있었단다."

다로자에몬은 오쓰루가 따라 준 차를 받아 들고 조용히 바다를 바라보고 있었다.

"……."

오쓰루도 잠자코 바다를 보았다.

다로자에몬이 눈에 넣어도 아프지 않을 만큼 애지중지하는 외동딸인 오쓰루는 얼마 전까지 센슈의 사카이 항구 가게에 있었는데 무사시가 올 때 같은 배로 아버지 곁으로 돌아왔다. 오쓰루는 전에 이오리를 돌봐 준 일이 있었던 터라 무사시는 배 안에서 그녀에게 이오리의 소식을 들었던 듯했다. 또 무사시가 이곳 다로자에몬의 집에 몸을 의탁한 것도 이오리가 신세를 진 것에 대해 인사를 하기 위해 배에서 내려 다로자에몬의 집에 들렀다가 그와 친해진 때문이 아닐까 상상할 수 있었다.

이유야 어찌 됐든, 무사시가 머무는 동안 오쓰루는 아버지의 지시로 무사시의 시중을 들고 있었다. 사실 어젯밤에도 무사시가 아버지와 밤늦게까지 이야기를 하는 동안 그녀는 다른 방에서 바느질에 여념이 없었는데, 그것은 무사시가 시합 당일에는 아무런 준비도 할 필요는 없지만 무명으로 지은 속옷과 허리에 두르는 띠가 있었으면 좋겠다는 말을 들었기 때문이었다. 오쓰루는 아침까지 속옷에서 검은 비단으로 지은 통소매 옷과 허리끈까지 새로 만들어 놓았던 것이다.

'혹시, 오쓰루가 저 사람에게 연정을 품고 있는 것은 아닐까? 만일 그렇다면 오쓰루의 마음은 어떠할까?'

이것은 부모인 다로자에몬의 생각에 지나지 않았지만, 그는 문득 그런 생각이 들기도 했다. 아니, 착각이 아닐지도 모른다. 이날 아침, 오쓰루의 얼굴에는 어딘지 모르게 그런 기색이 엿보이기도 했다. 지금도 그녀는 아버지에게 차를 따라 주고 그가 묵묵히 바다를 보고 있자 그녀도 수심에 잠긴 듯 푸른 바다를 응시하고 있었다. 그리고 어느새 눈동자에 바다가 고인 것처럼 눈물이 고였다.

"오쓰루……."

"예……."

"무사시 님은 어디 계시냐? 아침은 드렸느냐?"

"벌써 다 드시고 저쪽 방에서 문을 닫고……."

"준비를 하시는 중이냐?

"아니요, 아직……."

"무얼 하고 계시느냐?"

"그림을 그리고 계시는 듯합니다."

"그림을?"

"예."

"아, 그렇군. 내가 생각 없이 억지를 부린 듯하구나. 언젠가 그림 이야기가 나왔을 때, 후일 추억을 위해서라도 한 폭 그려 달라 청하였더니……."

"오늘 후나시마까지 모시고 갈 사스케에게도 유품으로 그려 주겠다고 말씀하셨으니……."

"사스케에게도?"

다로자에몬은 갑자기 초조함에 사로잡혔다.

"이러는 동안에도 시간이 점점 다가오고, 보이지도 않는 후나시마에서의 시합을 보려고 수많은 사람들이 요란을 떨며 저리 길가를 가득 채우고 몰려가는데……."

"무사시 님은 마치 전부 잊어버리신 듯한 얼굴을 하고 계셨습니다."

"그림이나 그리고 있을 때가 아니니다. 오쓰루, 네가 가서 그림은 그만 두시라고 말씀드리고 오너라."

"하지만 제가 어떻게."

"말을 못 하겠느냐?"

다로자에몬은 그때, 오쓰루의 마음을 똑똑히 알았다. 아버지와 딸은 한 핏줄이었다. 딸의 슬픔과 아픔이 그대로 다로자에몬에게로 전해졌다. 하지만 다로자에몬은 태연한 얼굴로 오히려 꾸짖듯 말했다.

"바보같이, 뭘 그리 훌쩍이느냐."

다로자에몬은 일어서더니 무사시가 있는 장지문 쪽으로 걸어갔다. 그곳은 문이 닫힌 채 아무 소리도 들리지 않았다. 무사시는 붓과 벼루 등을 놓고 조용히 앉아 있었다. 이미 한 장의 화선지에는 버드나무와 백로 그림이 그려져 있었지만 앞에 놓여 있는 종이에는 아직 한 자도 적혀 있지 않았다.

무사시는 하얀 종이를 앞에 놓고 무엇을 그릴까 생각하고 있는 듯했다. 아니, 화상畵想을 떠올리려는 생각이나 기교에 앞서 화심畵心 그 자체가 되고자 하는 스스로를 조용히 가다듬고 있는 모습이었다. 하얀 종이는 무無의 천지로 볼 수 있다. 일필一筆의 먹을 더하는 것은 곧 무에서 유有를 창조하는 것이었다. 비를 부르는 일도, 바람을 일게 하는 일도 자유자재였다. 그리고 그곳에 붓을 잡은 사람의 마음이 영원히 그림으로 남는다. 마음에 간사함이 있으면 간사함이, 마음에 게으름이 있으면 게으름이, 욕심이 있으면 그 욕심의 흔적을 감출 수 없다.

사람의 육신은 사라져도 먹은 사라지지 않는다. 종이에 남겨진 마음의 형상은 언제까지 숨 쉴지 가늠하기 어려웠다. 하지만 무사시의 그러한 생각도 결국 화심畵心의 사邪였다. 그는 백지와 같은 무의 경지가 이르고자 했다. 붓을 쥔 손이 자신도 아니고 타인도 아닌, 마음이 그 자체로 하얀 천지에 움직이길 바랐다.

"……."

그와 같은 그의 행동 때문에 좁은 방 안은 적막에 휩싸여 있었다. 방 안에는 길가의 소음도 들리지 않았고 얼마 후에 있을 시합도 남의 일처럼 느껴졌다. 그저 안뜰의 대나무가 이따금 희미하게 흔들렸다.

"저어……."

무사시의 등 위 장지문이 어느 틈엔가 살짝 열렸다. 다로자에몬이었다. 방 안을 살며시 살피던 그는 너무나 조용한 무사시의 모습에 말을 거는 것조차 조심스러웠다.

"무사시 님, 그림을 즐기시는 데 방해를 해서 죄송합니다만."

다로자에몬의 눈에도 무사시의 모습이 그림을 즐기고 있는 것처럼 보였던 것이다.

"예, 들어오시지 않고 어찌 문턱에서 그리 계십니까."

"아닙니다. 지금 그러고 계실 때가 아닙니다. 시간이 다 되어 갑니다."

"알고 있습니다."

"속옷이며 휴지, 손수건 등을 옆방에 준비해 놓았으니 언제든."

"고맙습니다."

"그리고 저희에게 주실 그림을 그리시는 것이라면 부디 그만두시길 바랍니다. 후나시마에서 돌아와서 천천히."

"마음 쓰지 마십시오. 어쩐지 오늘 아침은 기분이 아주 상쾌하니 이러한 때."

"허나 시간이……."

"알고 있습니다."

"그럼 준비를 하실 때 불러 주십시오. 옆방에서 기다리고 있겠습니다."

"황송합니다."

"별 말씀을 다하십니다."

더 이상 방해를 하지 않으려 다로자에몬이 물러가려 하자 무사시가 그를 불러 세우더니 이렇게 물었다.

"요즘 바닷물의 간만干滿 시각은 어떻게 되는지요? 오늘 아침은 썰물인지요, 아니면 밀물인지요?"

다로자에몬에게 썰물과 밀물 시각은 장사와 직접 관련이 있는 일이라 질문을 받자 이내 대답했다.

"예, 요즘은 새벽 묘시에서 진시 사이가 썰물 때니 곧 슬슬 바닷물이 들어올 때입니다."

"그렇습니까."

무사시는 고개를 끄덕이며 중얼거리고 다시 하얀 종이를 향해 묵묵히 앉아 있었다. 다로자에몬은 살며시 장지문을 닫고 먼저 있던 방으로 물러갔다. 하지만 걱정이 되는 것은 어쩔 수가 없었다. 그는 자리에 앉아 마음을 다잡으려 했지만 자꾸만 시간이 신경 쓰여 가만히 앉아 있지를 못했다. 그는 일어서서 바다를 면해 있는 객실 마루로 나갔다. 가이몬의 바다가 거칠게 출렁이고 있었다. 객실 아래쪽 개펄에 바닷물이 슬금슬금 들어오고 있었다.

"아버님."

"오쓰루구나. 무엇을 하고 있느냐?"

"곧 떠나시는 줄 알고 무사시 님의 짚신을 뜰 입구에 갖다 놓고 왔습니다."

"아직이다."

"무슨 일이 있으신 건지요?"

"아직 그림을 그리고 계시다. 저리 느긋하게 굴어도 괜찮을지 모르겠구나."

"아버님께서 만류하러 가시지 않으셨나요?"

"갔다만, 그 방에 들어가니 왠지 만류하기가 미안한 생각이 들어서 말이다."

다로자에몬을 부르는 소리가 집 밖에서 들렸다. 정원 앞의 아래쪽 개펄에 호소가와 번의 배 한 척이 들어왔다. 그 배 위에 서 있는 무사가 부르는 소리였다.

"다로자에몬 님!"

"이거, 누이노스케 님 아니십니까?"

누이노스케는 배에서 내리지 않았다. 툇마루의 다로자에몬을 보고 다행이라는 듯 이쪽을 올려다보면서 물었다.

"무사시 님은 벌써 떠나셨습니까?"

다로자에몬이 아직 떠나지 않았다고 답하자 누이노스케는 재빨리 말했다.

"그럼 한시라도 빨리 준비를 하시고 나오시도록 전해 주십시오. 사사키 고지로 님은 주군의 배를 타고 벌써 섬으로 가셨고 나가오카 사도 님도 방금 고쿠라를 떠나셨습니다."

"알겠습니다."

"노파심에서라도 부디 늦지 마시길 바란다고 한마디 해 주십시오."

누이노스케는 그렇게 말하고 서둘러 뱃머리를 돌려 떠났다.

하지만 다로자에몬과 오쓰루는 정적에 싸인 안쪽의 방을 돌아다볼 뿐 초조한 심정으로 툇마루 끝에 나란히 서서 기다리고 있었다. 무사시가 있는 방의 장지문은 좀처럼 열리지 않았고 아무런 기척조차 들리지 않았다. 두 번째의 배가 다시 뒤편 개펄에 도착하더니 무사 한 명이 달려 올라왔다. 이번 무사는 나가오카가의 사람 아니라 후나시마에서 온 번의 무사였다.

오쓰루가 장지문을 열자 무사시는 두 눈을 떴다. 배가 두 번이나 와서 재촉을 했다는 소리를 들은 무사시는 빙긋 웃으며 고개를 끄덕였다.

"그렇습니까?"

무사시는 말없이 어딘가로 나갔다. 손을 씻는 곳에서 물소리가 들렸다. 잠시 잠을 잔 얼굴을 씻고 머리도 매만지고 있는 모양이었다. 그 동안 오쓰루는 무사시가 있던 방을 살펴보았다. 방금 전까지 흰색이었던 종이가 먹을 듬뿍 머금고 있었다. 얼핏 구름처럼 보였지만 자세히 보니 파묵산수지화破墨山水畵였다. 그림은 아직 젖어 있었다.

"오쓰루 님."

옆방에서 무사시가 불렀다.

"그 그림은 아버님께 드리십시오. 그리고 다른 그림은 오늘 함께 가는 사스케에게 나중에 전해 주십시오."

"고맙습니다."

"뜻밖의 신세를 졌는데 아무런 답례도 하지 못합니다. 그림은 제 유품 대신……."

"부디 오늘 밤에도 어젯밤처럼 아버님과 함께 같은 등잔불 아래에서 이야기를 나누실 수 있기를……."

오쓰루가 소원을 빌 듯 말했다.

차비를 하는지 옆방에서 옷을 갈아입는 소리가 들렸다. 장지 너머에서 아무 소리도 들리지 않는가 싶더니 어느새 저편 객실에서 다로자에몬과 몇 마디 이야기를 하는 소리가 들렸다. 오쓰루는 무사시가 차비를 하던 옆방으로 가서 그가 벗어 놓은 통소매를 차곡차곡 접어서

방 한쪽 구석에 있는 상자 위에 올려놓았다. 뭐라고 형언하기 어려운 허전함이 그녀의 가슴에 차올랐다. 오쓰루는 아직 무사시의 체온이 남아 있는 통소매 위에 얼굴을 묻었다.

"오쓰루."

다로자에몬이 그녀를 불렀다. 오쓰루는 대답하기 전에 살며시 눈가와 뺨을 손 안쪽으로 쓰다듬고 있었다.

"오쓰루, 지금 떠나시는데 뭘 하고 있는 게냐?"

"예."

오쓰루는 자신도 모르게 달려 나갔다. 무사시는 벌써 짚신을 신고 마당의 문 앞에 서 있었다. 그는 사람들의 눈에 띄는 것을 피하고 있었다. 그곳에서 바닷가를 따라 조금만 걸어가면 사스케가 작은 배를 대고 아까부터 기다리고 있을 것이다.

가게와 집안사람 네댓 명이 다로자에몬과 함께 나와 문 앞까지 배웅을 했다. 오쓰루는 아무 말도 할 수가 없었다. 그저 무사시가 자신의 눈을 바라본 순간, 말없이 다른 사람들과 함께 머리를 숙였다.

"안녕히 계십시오."

마지막으로 무사시가 말했다. 머리를 숙인 채 아무도 얼굴을 들지 않았다. 무사시는 울타리 밖으로 나가 조용히 사립문을 닫고 다시 한 번 더 말했다.

"그럼 건강하십시오."

사람들이 머리를 들었을 때는 이미 무사시는 바람 속으로 걸어가고 있었다. 다로자에몬을 비롯해서 뒤에 남겨진 사람들은 혹시라도 뒤를 돌아다볼까 하고 툇마루와 담장 너머로 지켜보고 있었지만 무사시는 끝내 돌아보지 않았다.

"무사란 저런 것일까? 참으로 담담하고 소탈하구나."

누군가가 그렇게 중얼거렸지만 오쓰루는 어느 틈에 그곳에 없었다. 다로자에몬도 그것을 깨닫고 집 안으로 들어갔다.

다로자에몬의 집 뒤편에서 바닷가를 따라가면 커다란 소나무가 한 그루 있었다. 이 근처에서 다이라가의 소나무라고 불리는 헤이케마쓰平家松였다. 사스케는 아침 일찍부터 그곳에 작은 배를 대고 기다리고 있었다. 무사시의 모습이 그 근처에 이르렀을 때였다.

"스승님!"

"무사시 님!"

누군가 그렇게 소리를 치며 허겁지겁 달려오고 있었다. 하지만 무사시에게는 지금 머릿속에는 아무런 생각도 없었다. 모두 새까만 먹에 담아서 백지 위에 한 폭의 수묵화로 토해 놓은 느낌이었다. 스스로 생각해도 기분 좋게 그렸다는 생각이 들었다.

무사시는 후나시마로 가기 위해 문을 나섰다. 조류에 몸을 맡기고 가고자 하는 마음은 여느 여행길에 나설 때와 조금도 다를 바가 없었다. 오늘 그곳으로 건너가면 다시 뭍으로 돌아올 수 있을지 없을지, 또 지금 걷고 있는 발길이 죽음을 향한 것인지 아니면 이번 생애의 긴

여정의 한 부분에 불과한 것인지, 그런 생각조차 하고 있지 않았다. 스물두 살의 초봄, 일승사 소나무의 사지를 향해 칼 한 자루를 품고 임했을 때와 같이 온몸의 털이 곤두서는 듯하던 비장함이나 감상도 없었다. 그렇다면 당시의 백여 명의 적과 오늘 상대하는 단 한 명 중 과연 누가 강할까? 그것은 두말할 나위 없이 오합지졸 백여 명보다 단 한 명인 사사키 고지로가 단연 강하고 무서운 상대였다. 무사시의 생애에서 두 번 다시 없을 큰 위기임이, 일생의 대사임이 틀림없었다.

무사시는 자신을 기다리고 있는 사스케의 배를 보며 무심히 길을 재촉했다. 하지만 그는 '스승님', 또 '무사시 님' 하며 자신의 발밑에 엎드린 두 사람을 보자 일순 평정심이 흔들리기 시작했다.

"곤노스케 아닌가? 할머님께서도. 대체 어떻게 여기에?"

무소 곤노스케와 오스기는 의아해하며 묻는 무사시 앞에 주저앉아 머리를 숙이며 말했다.

"오늘의 시합이 일생일대의 대사라 생각해서……."

곤노스케를 따라 오스기도 말을 건넸다.

"전송하러 왔네. 그리고 내가 오늘날까지 자네에게 저지른 잘못을 사죄하러 왔네."

"아니, 할머님께서 제게 사죄를 하시다니요?"

"용서해 주게! 그동안 내가 오해했었네!"

"예?"

무사시는 믿을 수 없는지 오스기의 얼굴을 뚫어지게 바라보았다.

"할머님, 대체 무슨 마음으로 제게 그런 말씀하시는 것인지요?"

"할 말이 없네."

오스기는 가슴에 두 손을 모으고 지금 자신의 마음을 표현했다.

"지나간 일들을 일일이 말하자면 어찌 말로 다 할 수 있겠는가마는 모두 잊어 주시게. 용서해 주시게. 모두 자식 때문에 눈이 어두웠던 내 잘못이었네."

"……."

물끄러미 오스기의 모습을 바라보던 무사시가 갑자기 무릎을 꿇고 오스기의 손을 잡고 엎드렸다. 무사시는 가슴이 먹먹해지고 눈물이 솟구칠 것 같아서 한동안 얼굴을 들지 못했다. 오스기의 손도 와들와들 떨렸고 무사시의 손도 희미하게 떨리고 있었다.

"아, 제게 오늘이 얼마나 기쁜 날인지 모르겠습니다. 그 말씀을 들으니 당장 죽어도 여한이 없을 듯합니다. 할머님의 말씀을 믿겠습니다. 그리고 오늘 시합은 한층 밝은 마음으로 임할 수 있을 듯합니다."

"그럼 용서해 주겠나?"

"그렇게 말씀하시면 저야말로 할머님께 옛일에 대해 몇 번이고 용서를 빌어야 할 것입니다."

"참으로 기쁘기 그지없네. 아, 이제 나도 마음이 가벼워졌네. 허나 또 한 사람, 자네가 꼭 구해 주지 않으면 안 되는 사람이 있네."

오스기는 그렇게 말하더니 무사시의 눈을 이끌듯 뒤를 돌아다보았다. 저편 소나무 그늘에 이슬을 머금은 풀처럼 한없이 가련해 보이는 여인이 아까부터 얼굴도 들지 못하고 웅크린 채 앉아 있었다. 오츠였다. 마침내 그녀가 여기까지 온 것이었다. 손에는 삿갓을 들고 지팡이를 짚고 몸에 병을 지닌 채, 가슴에는 뜨겁게 타오르는 불덩이를 품고 있었다. 그러나 그 치열한 불꽃의 뜨거움을 품은 그녀의 육신은 놀랄 만큼 여위어 있었다. 그녀를 본 순간, 무사시는 제일 먼저 그것을 느꼈다.

"아, 오츠……."

무사시는 꼼짝도 하지 않고 그녀 앞에 서 있었다. 그곳까지 묵묵히 걸어온 발의 감각조차 잊고 있었다. 저편에 남겨진 곤노스케와 오스기는 일부러 가까이 오지 않았다. 차라리 자취를 감추어 이 바닷가에 두 사람만 있게 하고 싶은 마음이었다.

"오츠."

무사시는 신음하듯 그 말밖에 할 수 없었다. 지나간 세월을 말로 다 표현하기에는 너무나 많은 한이 쌓여 있었고 그것을 묻고 이야기하기에는 이미 시간이 너무 없었다.

"몸이 좋지 않은 듯한데, 어떻소?"

이윽고 다 외우지 못한 서사시의 한 구절을 뇌까리듯 무사시는 문득 물었다.

"예……."

오츠는 감정이 복받쳐 올라 무사시의 얼굴조차 쳐다보지도 못했다. 하지만 살아서 다시 만날지, 죽어서 만날지 모르는 소중한 이 순간에 감정에 휩싸여 헛되이 보내서는 안 된다고 스스로 경계하듯 오츠는 가만히 침착함을 유지하고 있었다.

"감기가 든 것이오? 그렇지 않으면 오랜 병을 앓고 있는 거요? 어디가 아프오? 요즘은 어디에 몸을 의탁하고 있는 거요?"

"칠보사에 있습니다. 작년 가을부터."

"아니, 고향에?"

"예."

비로소 그녀는 무사시를 물끄러미 바라보았다. 깊은 호수처럼 눈이 젖어 있었다. 가녀린 속눈썹이 차오르는 눈물을 안간힘을 쓰며 머금고 있었다.

"고아인 제게 다른 사람들이 말하는 고향은 없습니다. 그저 마음의 고향뿐입니다."

"하지만 할머님도 이제는 당신을 다정하게 대해 주시는 모양이니 나는 무엇보다 그것이 기쁘오. 병을 잘 돌봐서 그대도 행복해지길 바라오."

"지금은 행복합니다."

"그렇소? 그 말을 들으니 나도 조금 마음을 놓고 갈 수 있을 듯하오. 오츠……."

오츠는 무릎을 꿇었다가 오스기와 곤노스케의 시선을 느끼고 몸을 웅크렸다. 하지만 무사시는 누가 보고 있다는 것도 잊은 듯했다.

"여위었구려."

무사시는 오츠의 등에 손을 얹고는 숨을 몰아쉬고 있는 그녀의 얼굴에 자신의 얼굴을 가까이 가져가며 말했다.

"용서하시오. 용서해 주시오. 무정한 사람이 꼭 무정한 것은 아니오. 당신 혼자만……."

"아, 알고 있습니다."

"알고 있소?"

"하지만 꼭 한 마디만 말씀해 주세요. 아, 아내라는 한 마디만."

"알고 있다고 하지 않았소. 그럼에도 어찌……."

"하, 하지만……."

오츠는 어느덧 온몸으로 흐느끼고 있었다. 그러다 갑자기 간절한 마음으로 무사시의 손을 잡고 외쳤다.

"죽어도 저는, 죽어도……."

무사시는 묵묵히 크게 고개를 끄덕여 보이고는 힘껏 쥐고 있는 그녀의 가녀린 손가락을 하나하나 떼어 놓고 벌떡 일어섰다.

"무사의 아내는 출전에 있어 눈물을 보이지 않는 법, 웃으며 보내 주시오. 마지막일지 모를 낭군의 출전이라면 더욱 그럴 것이오."

무사시와 오츠 곁에 사람들이 있었지만 그 짧은 만남을 방해하는 이는 없었다.

"그럼."

무사시가 그녀의 등에서 손을 거뒀다. 오츠는 더 이상 울고 있지 않았다. 아니, 웃음을 지어 보이며 눈물을 참고 말했다.

"그럼……."

무사시가 일어서자 그녀도 옆에 있는 나무를 붙잡고 일어섰다.

"안녕히……."

무사시는 이렇게 말하고 파도가 치는 바닷가를 향해 성큼성큼 걸음을 옮기기 시작했다. 그가 돌아선 순간, 오츠는 울지 않겠다며 참았던 눈물이 쏟아져 그의 모습을 볼 수 없었다. 그녀는 목울대까지 넘어오던 마지막 인사를 끝내 하지 못했다.

무사시가 물가에 서자 소금기를 머금은 강한 바람이 그의 귀밑머리와 옷자락을 세차게 붙잡고 흔들어 댔다.

"사스케."

무사시가 작은 배를 향해 외치자 사스케는 비로소 뒤를 돌아보았다. 그는 아까부터 무사시가 온 사실을 알고 있었지만 일부러 배에서 다른 곳을 바라보고 있었다.

"무사시 님, 준비는 다 되셨습니까?"

"그렇네. 배를 이리 가까이 대 주게."

"예, 바로 대겠습니다."

사스케는 밧줄을 풀고 삿대를 뽑아 바닥을 밀었다. 무사시가 훌쩍 뱃머리로 뛰어오른 순간, 소나무 쪽에서 목소리가 들렸다.

"앗, 위험해요. 오츠 님."

그는 오츠와 함께 히메지에서 온 아오키 조타로였다. 한 번만이라도 스승인 무사시를 만나기 위해 왔지만 나설 기회가 없어 나무 그늘에서 다른 곳만 바라보며 서 있었다. 그런데 무사시가 배 위로 오른 순간, 무슨 생각을 했는지 오츠가 바다를 향해 곧장 달려갔고 조타로는 혹시나 하는 생각에 자신도 모르게 쫓아가면서 외쳤던 것이다. 그가 짐작으로 위험하다고 소리치자 곤노스케와 오스기도 오츠가 죽을 생각인 줄 알았던 모양이었다.

"아니, 어디로?"

"경솔하게……."

세 사람은 양쪽에서 달려들어 오츠를 붙잡았다.

"아니에요. 그런 게 아니에요."

오츠는 조용히 고개를 저었다. 어깨를 들썩이고 있었지만 결코 그런 어리석은 짓을 하려는 것이 아니라는 듯 웃음을 보이며 자신을 붙잡고 있는 사람들을 안심시켰다.

"대체 어쩔 셈이냐?"

"앉게 해 주세요."

조용한 목소리였다. 사람들이 가만히 손을 놓자 오츠는 물가에서 멀지 않은 모래사장에 쓰러지듯 주저앉았다. 그리고 옷깃과 헝클어진 머리를 단정히 하더니 무사시를 태운 배를 향해 외쳤다.

"아무 염려 말고 다녀오십시오."

오스기도 자리에 앉았다. 곤노스케와 조타로도 두 사람을 따라 자리에 앉았다. 조타로는 끝내 스승과 말 한마디 나누지 못했지만 그 시간을 오츠에게 나누어 준 것이라고 생각하자 조금도 후회스럽지 않았다.

어가수심

밀물이 한창 밀려들고 있었다. 해협의 물살은 흡사 격류처럼 빠르고 바람은 순풍이었다. 아카마가세키를 떠난 작은 배에 때때로 새하얀 파도가 덮쳤다. 사스케는 오늘의 일을 영광으로 생각했다. 그가 젓는 노에서 그런 기색이 역력했다.

"꽤 걸릴 듯하군."

배 중간에 앉아 있던 무사시가 앞쪽을 바라다보며 말했다.

"이런 바람과 물살이라면 그리 오래 걸리진 않을 겁니다."

"그런가?"

"하지만 시간이 꽤 늦어진 것 같습니다."

"으음."

"진시는 벌써 지났습니다."

"그러면 후나시마 당도하는 시각은?"

“사시巳時가 될 것입니다. 아니, 더 지나서일 듯합니다.”

“딱 좋을 시각이군.”

바로 그날, 고지로와 그가 올려다본 하늘은 한없이 깊고 파랬다. 그리고 나가토 산에 흰 구름이 깃발처럼 흘러갈 뿐 구름 한 점 없었다. 모지가세키의 상가, 가자시 산風師山의 능선들이 또렷하게 보였다. 그 근처에 무리를 지어 올라와서 보이지 않는 것을 보려 애쓰는 사람들이 개미 떼처럼 새까맣게 보였다.

“사스케.”

“예.”

“이것을 빌려줄 수 있는가?

“뭘 말씀입니까?”

“배 밑에 있던 쪼개진 노 말이네.”

“괜찮습니다만 무엇에 쓰시려고?”

“딱 좋군.”

무사시는 그것을 한쪽 손에 들고 팔과 수평으로 해서 대보았다. 물기를 머금고 있어 무겁게 느껴졌다. 버린 듯한 노의 한쪽 날에는 거스러미가 일어 있었는데 거기서부터 약간 갈라져 있었다. 무사시는 작은 칼을 뽑아서 무릎 위에 놓고 마음에 들 때까지 열중해서 깎기 시작했다. 사스케조차 걱정이 되어 계속해서 헤이케마쓰 부근의 아카마가세키를 돌아보곤 했지만 무사시는 한 번도 뒤를 돌아다보지 않았다.

상인인 사스케가 시합에 임하는 무사가 모두 저런 마음일까, 하고 생각할 정도로 무사시는 너무도 침착했다. 노를 다 깎은 듯, 무사시가 옷과 소매에 떨어진 나무 부스러기를 털어 내며 다시 사스케를 불렀다.

"사스케, 도롱이라도 상관없으니 입을 것이 있는가?"

"추우십니까?"

"뱃전에서 물방울이 튀어서 등에 걸치고 싶네."

"소인이 밟고 있는 판자 밑에 솜옷이 한 벌 있습니다만."

"그런가? 그것 좀 빌리겠네."

무사시는 솜옷을 꺼내 등에 걸쳤다. 후나시마는 아직 아련하게 보일 뿐이었다. 무사시는 종이를 꺼내 끈을 만들기 시작했다. 몇 십 개인지 알 수 없을 만큼 종이를 꼬더니 다시 그 종이끈들을 두 개씩 합쳐서 두 겹으로 꼰 후에 길이를 재고 나서 모두 어깨끈에 걸었다. 무사시가 종이로 엮은 어깨끈에 대해 구전으로 들었던 사스케는 그가 만든 어깨끈이 너무나 엉성하게 보였다. 하지만 그것을 만드는 속도와 솜씨는 놀랄 만큼 빨랐다.

무사시는 다 엮은 어깨끈에 물이 튀지 않도록 그 위에 솜옷을 걸치고 가까이 보이는 섬 그림자를 가리키며 물었다.

"저기 보이는 게 후나시마인가?"

"아닙니다. 저것은 엄마 섬인 히코지마彦島입니다. 후나시마는 조금 더 가야 보입니다. 히코지마에서 북동쪽으로 오육 정 정도 떨어진 곳에 모래톱같이 평평하게 보이는 곳이 후나시마입니다."

"그렇군. 근방에 섬이 여럿 보여서 그중 하나라고 생각했네."

"무쓰레六運, 아이지마藍島, 시로지마白島 등이 있고 그중에도 후나시마는 작은 섬입니다. 이사키와 히코지마 사이가 흔히 말하는 온도音渡 해협입니다."

"서쪽은 부젠의 다이리大里 포구인가?"

"그렇습니다."

"그러고 보니 생각이 나는군. 이 근처의 포구와 섬 들은 겐랴쿠元暦[8] 시절, 구로九郎 판관님과 다이라노 도모모리平知盛 공 등의 전쟁터구만."

노를 저을수록 배는 후나시마를 향해 점점 가까워졌다. 사스케는 아까부터 온몸에 소름이 돋고 정신이 아득해지면서 가슴이 쿵쾅거리기 시작했다. 자신이 시합을 하는 것은 아니지만 저런 한가한 이야기나 하고 있어도 괜찮을지 걱정이 들었다. 오늘 시합은 죽느냐 사느냐 하는 싸움이었다. 지금 배에 태우고 가는 사람을 다시 태우고 돌아갈 수 있을지, 태운다 한들 그것이 비참한 시체일지도 몰랐다. 사스케는 무사시의 너무나 담담한 모습을 이해할 수 없었다.

하늘에 떠가는 한 조각 흰 구름과 물 위를 떠가는 한 척 배 위의 사람이 서로 닮은 듯 보였다. 하지만 사스케가 보기에도 이상하게 보일 만큼 무사시는 배를 타고 목적지를 향해 가면서도 아무것도 생각하지 않았다. 무사시는 여태껏 따분함이라는 것을 모르고 살아 왔지만 이날 배 안에서는 다소 따분함을 느끼고 있었다. 노를 깎고 종이로 끈도 만들자 생각할 것은 아무것도 없었다.

---

8 일본의 연호로 1184년부터 1185년까지의 기간.

문득, 뱃전에서 새파란 바다에 이는 파문을 내려다보았다. 깊이를 알 수 없을 만큼 깊었다. 물은 살아 있었다. 무궁무진한 생명을 품고 있는 것처럼 보였지만 일정한 형태를 가지고 있지 않았다. 일정한 형태에 사로잡힌 동안, 인간은 무궁무진한 생명을 지닐 수가 없다. 진정한 생명의 유무는 그 형체를 잃은 후에 알 수 있다고 생각했다. 그리고 그렇게 생각하면 눈앞의 삶과 죽음은 물거품과 같았다. 하지만 문득 그런 초연한 생각이 뇌리를 스치자 자신도 모르게 온몸의 털이 곤두섰다. 그것은 때때로 배 안으로 부서지는 차가운 물보라 때문이 아니었다. 마음은 생사를 초월한 듯해도 육체는 예감하고 있었다. 근육이 꿈틀댔다. 몸과 마음이 합치되지 않았다. 마음보다 근육과 숨구멍이 그것을 잊었을 때, 무사시의 뇌리에는 물과 구름의 그림자밖에 남아 있지 않았다.

"배가 보인다!"

"이제야 왔군."

그곳은 후나시마가 아닌 히코지마의 데시마치勅使待 포구였다. 삼사십 명의 무사가 어촌 바닷가에 모여 아까부터 바다를 바라보고 있었다. 이들은 모두 사사키 고지로의 문하생들이자 대부분 호소가와 번의 무사들이었는데 고쿠라 성 밑에 팻말이 세워진 그날, 출항 금지 포고령이 내려지기 전에 섬으로 건너온 것이었다.

'만일 간류 스승님이 패하면 무사시를 섬에서 살려 보내지 않을 것이다.'

이렇게 은밀히 동맹을 맺은 자들이 번의 포고령을 무시하고 이틀 전부터 후나시마로 와서 오늘을 기다리고 있었던 것이다. 하지만 이날 아침, 나가오카 사도와 이와마 가쿠베 등의 노신과 경비를 맡은 번의 무사들에게 발각되어 호된 질책을 받고 후나시마의 옆에 있는 이곳 히코지마의 데시마치로 쫓겨난 것이었다.

이날의 포고령 때문에 시합에 입회하는 번의 관인들은 이런 조치를 취했지만 당연히 같은 번의 가신인 고지로가 이기기를 바라고 있었다. 그들은 스승을 생각하는 문하생들의 그런 행동에 대해 동정을 하고 있었다. 그래서 일단 공무상 그들을 후나시마에서 내쫓았지만 그들이 이내 히코지마로 옮겨 갔기 때문에 불문에 부칠 생각이었다. 더욱이 만일 고지로가 시합에 패하였을 경우에 후나시마에서는 곤란하지만, 무사시가 후나시마를 떠난 후라면 스승인 고지로의 복수를 하기 위해 그들이 어떤 행동에 나선다 해도 그것은 자신들이 간여할 바가 아니라는 것이 관인 측의 솔직한 심경이었다.

히코지마로 옮겨 간 고지로의 문하생들 역시 그것을 알아차리고 있었다. 그들은 어촌의 작은 배 열두세 척을 끌어모아 데시마치 포구에 대 놓고 있었다. 그리고 시합의 상황을 즉시 자신들에게 보고할 전령을 산 위에 세워 놓고 만일의 경우, 삼사십 명이 배를 타고 바다로 나가 무사시가 돌아가는 길을 차단하고 육로로 쫓아가서 죽이든지 경우에 따라서는 그의 배를 전복시켜 바다 속에 수장을 시키자고 뜻을 모았다.

"무사시인가?"

"무사시다."

그들은 서로 연락을 취하며 높은 곳으로 뛰어 올라가거나 손을 이마에 대고 한낮의 햇빛에 반사되는 해수면을 응시하고 있었다.

"배편은 아침부터 금지되어 있으니 무사시가 탄 배가 틀림없다."

"혼자인가?"

"혼자인 것 같다."

"뭔가를 걸치고 우두커니 앉아 있는데?"

"속에 갑주라도 입고 온 모양이군."

"뭣들 하나? 어서 준비를 해라."

"산에 망을 보는 자는 있겠지?"

"올라갔네. 염려 말게."

"그럼 우린 배 쪽으로."

삼사십 명은 언제든지 밧줄만 끊으면 노를 저어 출발할 수 있도록 제각기 작은 배 안으로 몸을 숨겼다. 배에는 장창도 한 자루씩 숨겨져 있었다. 그들은 고지로와 무사시보다 오히려 복장이 더 삼엄했다.

한편, 무사시가 나타났다는 소리는 같은 시각, 후나지마에도 전해졌다. 후나지마는 아침부터 파도 소리와 함께 소나무와 대나무가 바람에 바스락거리는 소리 외에는 사람의 기척을 찾아볼 수 없을 만큼 고요했다. 나가토 산에서 흩어진 하얀 구름이 때마침 하늘 한가운데 떠 있는 해를 가리자 섬 전체가 어두워진 듯하더니 이내 다시 햇살이 내리쬐기 시작했다. 가까이 갈수록 섬이 아주 좁다는 걸 알 수 있었다. 북쪽은 언덕이 있어 약간 높았고 소나무가 많았다. 그곳에서 남쪽 기슭은 평지에서 얕은 개울로 이어져서 바다와 흘러들고 있었다. 그 언덕 기슭의 평지에서 물가에 이르는 곳이 바로 시합 장소였다.

중신들을 비롯한 무사들은 물가에서 꽤 떨어진 나무 사이에 장막을 둘러치고 숨을 죽이고 있었다. 고지로는 번에 속한 무사이고 무사시는 떠돌이 낭인이었던 만큼 진을 치고 있는 그들의 모습은 상대에게 충분히 위협적으로 다가왔다. 약속 시간에서 이미 일각이 넘게 지나 있었다. 그곳에서 두 번이나 파발배로 재촉을 하였던 탓에 사람들은 정숙하게 기다리면서도 얼마간 초조함과 반감을 품고 있었다.

"무사시 님이 왔습니다."

물가에 서서 살피던 무사가 멀리 장막이 둘러쳐진 곳을 향해 그렇게 외치면 달려갔다.

"왔는가?"

이와마 가쿠베는 무심코 이렇게 말하고 의자에서 몸을 일으켰다. 그는 오늘 시합의 입회인으로 나가오카 사도와 함께 파견된 관인이었지만 오늘 무사시를 상대할 사람은 아니었다. 그러나 그의 말 속에는 그런 감정이 묻어났다. 그의 옆에서 기다리고 있던 시종과 부하 들도 모두 같은 생각인 듯 일제히 일어서며 외쳤다.

"저기 저 배다."

가쿠베는 자신이 공평해야 할 번의 관인 신분이라는 것을 깨달은 듯 주위 사람들을 경계시켰다.

"자중하라."

그리고 가만히 자리에 앉더니 고지로가 있는 곳으로 시선을 향했다. 그의 모습은 보이지 않았다. 다만 산복숭아 나무 네다섯 그루 사이로 용담龍膽의 문장이 박힌 장막이 펄럭이고 있었다. 장막 아래에는 대나무 자루가 달린 국자가 들어 있는 들통이 하나 있었다. 섬에 일찍 도착한 고지로는 상대가 늦어지자 들통의 물을 마시고 장막 안에서 쉬고 있었는데 지금은 보이지 않았다.

그 장막을 끼고 조금 앞에 있는 흙으로 쌓아 올린 둑 건너편에는 나가오카 사도가 있었는데 그의 옆에는 부하들과 시종으로 따라온 이오리가 있었다. 방금 무사시가 왔다고 외치며 물가에서 무사 한 명이 달려오자 이오리의 얼굴은 하얗게 변했다. 아무런 움직임도 없이 그저 앞만 바라보고 있던 사도가 문득 이오리를 쪽을 향하는가 싶더니 이내 낮은 목소리로 말했다.

"이오리."

"예."

이오리는 무릎을 굽히고 한 손으로 땅을 짚으며 사도의 전립 안을 올려다보았다. 발끝부터 전해져 오는 온몸의 떨림을 지울 수가 없었다.

"잘 지켜보거라. 한순간도 놓쳐서는 안 된다. 무사시 님이 목숨을 걸고 너에게 전수하는 것이라 여기고 보아야 한다."

"……."

이오리는 고개를 끄덕였다. 그리고 그의 말대로 두 눈을 부릅뜨고 바다 쪽을 바라보고 있었다. 물가까지 거리는 일 정이 조금 넘었다. 하얗게 부서지는 파도는 눈이 시릴 정도였다. 사람들의 그림자가 작게 보였다. 시합이 시작되더라도 움직임이나 호흡들이 제대로 보이지는 않을 듯했다. 그러나 사도가 똑똑히 지켜보라고 주의를 준 것은 그런 것들 때문이 아닐 것이었다. 사람과 천지가 어울린 그 미묘한 순간의 작용을 말한 것이었다. 또 이번 시합에 임하는 무사시의 마음가짐을 멀리서 잘 지켜보라고 한 것이었다. 풀들이 바람에 쓰러졌다가 이내 몸을 일으켰다. 이따금 푸른빛을 띤 벌레가 날아올랐다. 아직 가녀리기만 나비가 풀에 매달려 있다가 어디론가 날아갔다.

"아, 저기!"

서서히 다가오는 작은 배가 마침내 이오리의 시야에 들어왔다. 약속했던 시간보다 정확히 일각이 지난 사시 하각 무렵이었다.

섬은 한낮의 태양 아래 적막에 휩싸여 있었다. 그때, 장막이 쳐진 바로 뒤편 언덕에서 누군가 내려왔다. 간류 사사키 고지로였다. 기다리다 지친 그는 야트막한 산에 올라 혼자서 앉아 있었던 듯했다. 그는 양쪽에 앉아 있는 입회인들에게 인사를 하고 물가 쪽을 향해 조용히 걸음을 옮겼다.

이미 해는 중천에 떠 있었다. 배가 섬의 만에 들어오자 파도는 잔잔해지고 바닥이 파랗게 비쳤다.

“어느 쪽에 배를 댈까요?”

사스케는 바닷가를 둘러보며 노 젓는 손길을 늦추고 무사시에게 물었다. 물가에는 사람의 그림자도 보이지 않았다. 무사시는 걸치고 있던 솜옷을 벗어 던지며 말했다.

“똑바로 대 주게.”

뱃머리가 그대로 앞으로 나아갔다. 노를 젓는 사스케의 손이 소심해졌다. 사람의 그림자도 보이지 않는 적막한 섬에는 직박구리가 목청 높여 울고 있었다.

“사스케.”

“예.”

“이 근처는 물이 얕군.”

“바다 쪽 멀리까지 얕습니다.”

“배가 바위에 걸리면 안 되니 무리해서 노를 저어 들어갈 것 없네. 곧 바닷물도 빠질 테니.”

사스케는 대답하는 것도 잊고 섬 안쪽의 초원을 응시하고 있었다. 가늘고 키가 큰 소나무가 보였다. 그 아래 얼핏 진홍빛 옷자락이 펄럭이고 있었다.

‘고지로가 저기 와서 기다리고 있다.’

사스케가 손을 들어 가리키려 무사시를 바라보자 이미 무사시도 그것을 바라보고 있었다. 무사시는 그쪽을 바라보며 허리춤에 넣어 두었던 감물을 들인 수건을 빼서 네 겹으로 접더니 바람에 날리는 머리를 쓸어 올려서 동여맸다.

칼은 배 안에 놓고 작은 칼을 차고 갈 생각인 듯 칼이 물에 젖지 않도록 거적으로 싸서 배 안에 놓았다. 오른손에는 노를 깎아서 만든 목검을 쥐고 있었다. 무사시가 배에서 일어서며 사스케에게 말했다.

"이제 됐네."

그러나 아직 물가 모래톱까지는 물 위를 스무 간間이나 걸어가야 했다. 사스케가 두세 번 노를 크게 젓자 배는 급격히 앞으로 나아가더니 갑자기 바닥에 걸린 듯 쿵 하는 소리가 났다. 양쪽 옷자락을 높이 치켜들고 있던 무사시는 배가 부딪히는 충격을 타고 물속으로 사뿐히 뛰어내렸다. 종아리가 잠길 정도의 깊이였다. 철벅철벅, 무사시는 빠른 걸음으로 뭍을 향해 걷기 시작했다. 손에 들고 있는 노로 만든 목검 끝이 그가 차고 가는 하얀 물거품과 함께 바닷물을 가르고 있다. 오 보步, 다시 십 보, 사스케는 노를 내려놓은 채 무사시의 뒷모습을 넋을 잃고 바라보고 있었다. 온몸에 한기가 돌아 어찌할 바를 모르고 있었다.

그때, 사스케가 갑자기 숨이 멎었다. 저쪽의 소나무 그늘에서 붉은 깃발이 펄럭이듯 고지로가 뛰어오는 것이었다. 햇빛 아래 장검의 칼집이 은빛 여우의 꼬리처럼 빛을 받아 반짝였다. 철퍽철퍽, 무사시는 아직 물속을 걷고 있었다.

'빨리!'

사스케가 이렇게 외친 보람도 없이 무사시가 뭍으로 올라가기도 전에 고지로가 물가까지 달려왔다.

'큰일 났다!'

사스케는 더 이상 바라볼 수가 없었다. 그는 자신의 몸이 두 동강이 난 것처럼 바닥에 엎드려 떨고 있었다.

"무사시인가?"

고지로가 먼저 말을 걸었다. 그는 대지를 선점하고 적에게 한 발도 양보하지 않겠다는 듯 물가에 버티고 서 있었다. 무사시는 물속에 버티고 선 채 미소를 띤 얼굴로 말했다.

"고지로로군."

무사시는 노로 만든 목검의 끝을 어루만지고 있었다. 물과 바람에 몸을 맡긴 그의 모습은 흡사 하나의 목검인 듯 보였다. 그러나 감빛 머리띠를 묶어 다소 치켜 올라간 눈가에서 뿜어져 나오는 눈빛은 이미 평소의 것이 아니었다. 쏘아본다는 표현으로 턱없이 부족했다. 무사시의 눈은 빨아들이고 있었다. 적으로 하여금 위협을 느끼게 할 만큼 호수처럼 깊이 적의 생명을 빨아들이고 있었다. 고지로의 눈은 쏘아보는 눈이었다. 두 눈 속에 무지개가 서린 듯 살기 어린 광채가 이글거리며 상대를 그 자리에 얼어붙게 만들 듯했다. 눈은 마음의 창이라고 하듯 두 사람의 뇌리에 숨 쉬는 본능이 그대로 두 사람의 눈동자를 통해 분출되고 있었다.

"무사시."

"……."

"무사시!"

고지로가 두 번 외쳤다. 먼 바다에서 파도 소리가 들렸다. 두 사람의 발밑에도 바닷물이 소용돌이치고 있었다. 그는 대답을 하지 않는 상대를 향해 소리를 지르지 않고는 견딜 수 없었다.

"겁을 집어먹었나, 아니면 계책인가? 어쨌든 비겁하다. 약속한 시각에서 벌써 일각이나 지났다. 나는 약속을 어기지 않고 아까부터 여기서 기다리고 있었다."

"……."

"연화왕원에서의 대결 때나 일승사에서의 대결 때처럼 항상 고의로 약속 시간을 어기고 적의 허를 찌르는 것이 네가 잘 쓰는 수법인 듯하구나. 허나 나는 그 수법에 속아 넘어가지 않는다. 후대에 웃음거리가 되지 않도록 떳떳하게 죽겠다고 마음의 준비를 하고 오너라. 자, 오너라. 무사시!"

고지로는 허리춤께 들고 있던 모노호시자오를 뽑아 들더니 왼손에 남아 있던 칼집을 파도 속으로 집어 던졌다. 무사시는 마치 아무 소리도 들리지 않는 듯한 표정을 짓고 있다가 그의 말이 끝나고 잠시 파도 소리를 가늠하다가 불현듯 말했다.

"고지로, 네가 졌다!"

"뭐라?"

"오늘 시합은 이미 승부가 났다. 너는 질 것이다."

"닥쳐라! 무슨 소리냐?"

"이길 것이라면 어찌 칼집을 버렸는가? 칼집은 그대의 천명과도 같은 것이거늘 그것을 던진 것이다."

"흥, 헛소리!"

"안타깝구나, 고지로여. 꽃이 지듯 지고 마는가. 그리 죽음을 재촉하는가."

"덤벼라!"

"기꺼이!"

무사시가 대답했다. 그의 발밑에서 물소리가 일었다. 고지로도 얕은 물가로 첨벙 뛰어들어 모노호시자오를 높이 치켜들더니 무사시의 정면을 향해 겨눴다. 하지만 무사시는 수면에 하얀 물보라를 일으키며 고지로가 서 있는 왼편 기슭을 향해 대각선으로 달려 올라갔다.

무사시가 물살을 헤치면서 기슭으로 뛰어 올라간 것을 본 고지로는 물가를 따라 무사시의 뒤를 쫓았다. 무사시가 물에서 벗어나 모래톱을 밟은 순간, 고지로의 칼과 그의 몸이 무사시를 향해 날아간 것은 거의 동시였다.

"갈喝!"

물에서 벗어난 무사시의 다리는 무거웠고 아직 전열을 가다듬지 못한 것처럼 보였다. 그는 모노호시자오가 자신을 향해 날아오는 것을 느낀 순간, 언덕 위로 뛰어 올라온 직후라서 몸을 다소 앞으로 구부리고 있는 상태였다. 하지만 그의 양손에는 오른쪽 겨드랑이에서 등 쪽을 향해 숨겨 놓은 듯한 목검이 쥐어져 있었다.

커다란 기합 소리와도 같은 무사시의 숨결이 고지로의 얼굴을 덮쳤다. 고지로는 정수리 위로 떨어질 것 같았던 자신의 칼을 무사시로부터 아홉 자 가량 떨어진 앞쪽에서 거두고 말았다. 그 스스로 불가능함을 깨달은 것이다. 그만큼 무사시의 몸은 큰 바위처럼 보였다.

"……."

"……."

당연히 두 사람의 위치는 그 방향이 달라졌다. 무사시는 그 자리에 그대로 있었다. 물속으로부터 두세 걸음 올라선 그는 물가에 서서 바다를 등진 채로 고지로 쪽을 향해 몸을 돌리고 있었다. 고지로는 그런 무사시와 마주 선 채로 다시 전면의 바다를 바라보며 양손에 모노호시자오를 쥐고 겨누고 있었다.

"……."

"……."

그렇게 두 사람의 호흡은 이제 완전한 싸움 속에서 숨을 쉬고 있었다. 무사시의 무념無念과 고지로의 무상無想, 두 사람 사이의 공간은 진공상태와 같았다. 하지만 물가의 밖, 또 풀들이 일렁이는 장막이 쳐져 있는 부근에서는 수많은 사람들이 숨도 제대로 쉬지 못하고 진공상태 속에 있는 두 사람을 지켜보고 있을 것이 분명했다.

고지로에게는 그를 아끼고 믿는 많은 사람들의 바람과 기원이 있었다. 무사시도 마찬가지였다. 섬에서는 이오리와 사도가, 아카마가세키의 바닷가에는 오츠와 오스기와 곤노스케, 그리고 고쿠라의 마쓰가언덕에는 마타하치와 아케미 등이 있었다. 그들은 이곳이 보이지 않는 곳에서 오로지 하늘을 향해 기도를 하고 있었다.

그러나 지금 이곳에서는 그들의 기원과 눈물은 아무 도움이 되지 않았다. 또 우연이나 하늘의 도움도 없었다. 오직 공평무사한 푸른 하늘만 있을 뿐이었다. 그 푸른 하늘과 같은 몸이 되는 것이 진정한 무념무상의 모습이라고 하지만 생명이 깃들어 있는 몸으로는 쉽지 않은 일임이 너무나 당연했다. 하물며 서로 칼을 겨누고 있는 순간에는 더욱 그러했다.

"……."

"……."

마음과 달리 적을 향해 온몸의 숨구멍이 바늘처럼 거꾸로 서는 듯했다. 생명에 속해 있는 근육과 손톱과 머리카락은 물론이고 눈썹 하나까지 모두 곤두서서 적을 향해 아우성을 치며 자신의 생명을 지키려고 하고 있었다. 그 속에서 마음으로 천지와 더불어 무심함을 유지하는 것은 연못 위의 달이 폭풍우 속에서 저 혼자 흔들리지 않는 것보다 더 어려운 일이었다.

오랜 시간이 흐른 듯했지만 사실 더없이 짧았다. 파도가 대여섯 번 밀려왔다 밀려간 순간, 마침내 커다란 고함 소리가 정적을 깨뜨렸다. 그것은 고지로가 발한 목소리였지만 거의 동시에 무사시의 몸에서도 울려 퍼졌다.

바위를 때리는 노도처럼 두 개의 고함 소리가 울려 퍼진 찰나, 중천에 떠 있는 태양도 베어 버릴 듯한 높이에서 모노호시자오의 칼끝이

가는 무지개를 그리며 무사시의 정면으로 날아왔다. 그 순간, 무사시의 왼쪽 어깨가 약간 앞으로 처졌다. 수평을 유지하던 허리 위의 상반신이 대각선으로 바뀌었을 때, 무사시는 오른쪽 발을 약간 뒤쪽으로 뺐다. 양손에 움켜쥔 무사시의 목검이 바람을 가르며 날아간 것과 고지로의 장검이 무사시의 미간을 노리고 날아온 것은 거의 동시였다.

"……."

"……."

서로의 몸이 뒤엉키듯 스쳐 지나간 극히 짧은 순간, 두 사람의 호흡은 파도보다 거칠고 높아졌다. 파도가 치는 물가에서 열 걸음 가량 떨어져 바다를 옆으로 하고 뒤로 펄쩍 뛰며 물러선 적을 무사시는 목검 끝으로 보고 있었다. 목검은 중단에서 상대의 눈을 겨누고 있었고 모노호시자오는 상단으로 돌아가 있었다. 그렇게 한 순간, 서로 충돌한 후에 두 사람의 간격은 꽤 멀리 떨어져 있었다. 긴 창도 서로 닿지 않을 정도의 간격으로 멀어져 있었다.

고지로는 최초의 공격에서 무사시의 머리카락 한 올도 베지 못했지만 그의 의도대로 유리한 지형을 차지했다. 무사시가 바다를 등지고 움직이지 않은 것은 그만한 까닭이 있었다. 한낮의 강한 햇살이 해수면에 반사되어 그 빛과 마주하고 있던 고지로는 몹시 불리했다. 만일 그 위치에서 수비적인 자세를 취하고 있는 무사시와 계속 대치하다가는 분명 무사시보다 먼저 고지로의 정신과 눈동자가 지치고 말 것이었다.

자신이 의도한 대로 유리한 위치를 차지한 고지로는 이미 무사시의 전위前衛를 깨뜨렸다는 듯이 자신감과 투지로 불타고 있었다. 그는 천천히 앞으로 한 발 한 발 다가갔다. 간격을 좁혀 가는 동안 적의 자세 중 어느 곳에 허점이 있는가를 살피면서도 자신의 허점은 보이지 않겠다는 빈틈없는 걸음걸이였다.

그런데 갑자기 무사시가 맞은편에서 거침없는 발걸음으로 걸어오고 있었다. 중단으로 겨누고 있는 목검의 끝을 고지로의 눈에 그대로 찔러 넣겠다는 듯이 다가오고 있었다. 그 무모함에 고지로가 움칫하며 걸음을 멈춘 순간, 무사시의 모습이 시야에서 사라지더니 어느새 그의 목검이 위로 번쩍 올라가 있었다. 육 척에 가까운 무사시의 몸이 네 척 정도로 줄어든 것처럼 보였다. 땅에서 발을 뗀 무사시의 몸이 공중에 있었던 것이다.

"이얏!"

상단으로 겨누고 있던 고지로의 장검이 커다랗게 공중을 갈랐다. 그의 칼끝에 무사시가 머리에 두르고 있던 감빛 수건이 둘로 갈라지면서 날아갔다. 고지로의 두 눈에는 날아가는 그 감빛 수건이 마치 무사시의 목이 날아가는 것처럼 보였다. 자신의 칼을 맞고 핏빛으로 물들어 날아가고 있었다. 고지로는 눈으로 그것을 바라보며 싱긋 웃었는지도 모른다. 그러나 바로 그 순간, 그의 두개골은 무사시가 내려친 목검 아래 모래처럼 으스러지고 말았다. 바닷가 모래사장과 초원의 경계 위로 쓰러진 고지로의 얼굴은 자신이 졌다는 표정을 짓고 있지 않았다. 그는 입술 가장자리로 피를 내뿜고 있었지만 마치 자신이 무사시의 목을 베어 바닷속으로 던져 버렸다는 듯 입가에 회심의 미소를 띠고 있었다.

"아아!"

"간류 님이!"

저편 장막이 쳐진 쪽에서 이런 외침들이 들려왔다. 자신들도 모르게 터져 나온 소리였다. 이와마 가쿠베와 그 주위에 있던 사람들이 처참한 얼굴로 몸을 일으켰다. 하지만 바로 옆에 있는 나가오카 사도와 이오리를 비롯한 다른 사람들의 태연자약한 모습을 보고는 애써 평정을 가장하며 움직이지 않으려 애쓰고 있었다. 하지만 부정할 수 없는 패배의 처참한 기운이 고지로의 승리를 굳게 믿고 있던 사람들을 뒤덮고 있었다.

"……."

그들은 눈앞에 펼쳐진 현실을 보고도 자신들이 잘못 본 것은 아닌지 의심하듯 마른침을 삼키며 한동안 미련을 버리지 못하고 있었다. 섬은 여전히 사람들의 인기척을 느낄 수 없을 만큼 정적에 휩싸여 있었다. 그저 무심한 솔바람과 바람에 일렁이는 초원이 인간의 무상함을 일깨우듯 흔들리고 있었다.

무사시는 본연의 모습으로 돌아와서 한 조각 구름을 올려다보고 있었다. 지금은 구름과 자신을 명확하게 구분할 수 있을 만큼 의식이 돌아와 있었다. 끝내 의식이 돌아오지 못했던 것은 적인 간류 사사키 고지로였다. 그는 열 걸음 가량 앞쪽에 쓰러져 있었다. 풀숲 속에 얼굴을 옆으로 한 채로, 그러나 칼자루를 꽉 움켜쥔 손에서 아직도 남아있는 집착이 엿보였다. 그러나 결코 괴로워하는 얼굴이 아니었다. 그의 얼굴에는 온 힘을 다해 잘 싸웠다는 만족감이 서려 있었다. 끝까지 전력을 다해 싸운 사람의 얼굴에는 모두 그런 만족감이 서려 있었다. 거기에서 미련이나 후회와 같은 그늘은 조금도 찾아볼 수가 없었다. 무사시는 잘려 나간 감빛 수건에 눈길을 떨어뜨렸다. 온몸에 소름이 돋았다.

'일생 동안 또다시 이런 적을 만날 수 있을까?'

그렇게 생각하자 그는 홀연 애석한 마음이 들어 고지로에게 존경심마저 일었다. 동시에 그에게 받은 은혜도 생각했다. 칼을 잡았을 때의 강함이나 단순히 투사로서의 자질로 볼 때 고지로는 자신보다 높은 곳에 있었던 용자임에 틀림없다. 때문에 자신이 그 높은 곳에 있는 고지로를 목표로 삼을 수 있었던 것은 은혜였다.

그럼 그 높은 곳에 있는 그를 무사시가 꺾을 수 있었던 것은 무엇 때문이었을까? 기술이었을까, 아님 천우신조였을까? 무사시는 둘 다 아니라고 말할 수 있었지만 정확히 무엇 때문인지는 자신도 알 수가 없었다. 막연하게나마 표현한다면 힘이나 천우天佑 그 이상의 것이었다. 고지로가 믿고 있던 것은 기술과 힘의 검이었고, 무사시가 믿고 있던 것은 정신의 검이었다. 그 차이밖에 없었다.

"……."

무사시는 묵묵히 열 걸음 가량 걸어가서 고지로의 옆에 무릎을 꿇었다. 그의 코에 왼쪽 손을 살짝 갖다 댔다. 아직 희미하게나마 호흡이 있었다. 그제야 무사시의 미간이 열렸다.

"치료만 잘한다면 혹시……."

고지로에게 한줄기 생명의 빛이 비치는 듯했다. 동시에 무사시는 오늘의 시합 때문에 이 소중한 적이 이 세상에서 사라지지 않을 거라는 안도감이 들었다.

"안녕히……."

무사시는 고지로와 저편에 모여 있는 사람들에게 무릎을 꿇고 절하고는 피 한 방울 묻지 않은 목검을 든 채 북쪽 바닷가를 향해 달려갔다. 그리고 자신을 기다리고 있던 작은 배 위로 훌쩍 뛰어올랐다. 그 후로 그 배가 어디로 갔는지, 히코지마에 있던 고지로의 제자들이 스승의 복수를 하기 위해 무사시의 배를 가로막았다는 등의 이야기는 들을 수 없었다.

인간은 살아가는 동안에 증오와 집착에서 벗어날 수 없으며 시간이 흘러도 감정의 파장은 끊임없이 몰려온다. 무사시를 달갑지 않게 여기는 사람들은 그가 살아 있는 동안에도 고지로와의 대결에서 보인 그의 행동을 비판했다.

"그때 무사시도 도망칠 일이 걱정이 됐는지 꽤나 당황한 듯하더군.

고지로의 숨통을 끊는 것도 잊어버리고 가 버린 것만 봐도 알 수 있지 않은가?"

무릇 세상이란 말도 많고 탈도 많은 법. 파도에 흔들리며 헤엄치는 수면 위의 물고기는 물결에 따라 노래하고 춤춘다. 하지만 백 척 아래의 물의 마음, 물의 깊이를 누가 가히 헤아릴 수 있겠는가.

끝